集英社オレンジ文庫

瑕疵物件ルームホッパー

但し、幽霊在住に限ります

響野夏菜

Contents

イラスト／げみ

第1話　Kashi Bukken Room Hopper

めぞん市場202号室

張り替えたばかりとおぼしき床に、赤いワンピースの女が横たわっていた。

女は明るく染めた巻き髪で、キャミソールワンピースを着ている。まだ若く、二十代前半か。ワンピースは、濃淡《のうたん》の入り交じったまだら染めである。

ネオンテトラ、と上がり框《かまち》で立ち止まった瀬山冬《せやまふゆ》は連想した。

初対面の相手を魚に当てはめるのは、冬の癖だ。

「ここ、陽当《ひあ》たりいいんですよ」

朗《ほが》らかに言いながら、小さなたたきで靴を脱いだ管理会社の女性社員が中へ入った。

横たわった女の乱れて広がった髪を、ためらいもなく踏みつける。

視《み》えないってのは、楽だな、と冬は思った。

無邪気に、驚くようなことをする。

女は身体《からだ》の右側を下にして、背中を丸めて腹を庇《かば》っていた。頰《ほお》は真っ白で、歯をガチガチと鳴らしている。

よく見れば、ワンピースは濡《ぬ》れそぼっていた。赤がもっとも濃いのが腹部である。

——まだら染めじゃないのか。

冬が案内されたこの部屋は、八畳のワンルームだ。東側の壁沿いに、寝室兼物置として使えるロフトへの梯子《はしご》がかけられている。

女性社員は、窓の外を示すようなしぐさをした。

「繁華街が近いのに、静かでしょう？」

たしかに表の喧噪《けんそう》は遠い。しかし、冬は眉根を寄せた。

「うるさいですか？」

冬をここへ連れてきた男、三田川《みたがわ》が興味をそそられた表情で訊《たず》ねた。

冬はそれを無視して、横たわる女に視線を戻す。

「――いるんですか？」

顔をこわばらせた女性社員が訊《き》いた。タグつきのキーを、きつく握っている。

「さっきから髪、踏んでるよ」

指摘すると、女性社員は悲鳴を上げて飛びのいた。

「倒れてるんですか？」

三田川は身体を揺らして覗《のぞ》くが、自身では姿を捉《とら》えることはできないらしい。

「死に方って、視えるもんなんですかね？　やっぱりそこを使って……？」

三田川がロフトを目で示す。

「違う、失血死」

すると質問をしたはずの三田川が一転、肯定《こうてい》した。

「ええ。こちらの入居者は、以前の交際相手に刺されて亡くなったんです」

ふと、冬の目はキッチンに引きつけられた。シンクの下に設けられた観音《かんのん》開きの物入れが、左側だけ真っ赤に塗りつぶされている。

この赤色が自分だけに見えていることは、経験からわかっていた。

凶器の出所がそこのはずだ。おそらくは、包丁。

「特殊清掃に入ってもらって、お祓《はら》いも頼んだんですよ？」

半泣きで訴えた女性社員に、冬は同情の眼差《まなざ》しを向けた。

「清掃はともかく、お祓いはやり直してもらったほうがいい」

「てことは、このまま放っておくと、祟《たた》って危ないとか？」

不安を煽《あお》るような物言いをした三田川に、冬は呆《あき》れた視線を向けつつ否定した。

「赤ん坊」

「え？」

「刺された女のほかに、死んだ赤ん坊たちが泣いてる」

「もういやぁ！」

女性社員がキーを投げ捨てて表に飛び出した。階段を駆け下りていくのが聞こえる。

追いかけもせず、悠長にキーを拾う三田川に冬は訊いた。

「いいの？」

「鍵はあとで使いますから」

返さなくてもいいとか、そうじゃなくて。

「子どもじゃありませんから、彼女も一人で営業所まで帰れるでしょう」

のほほんと応じた三田川は、冬を促《うなが》してワンルームを出ると施錠《せじょう》した。キーをスーツのポケットにつっこみ、錆《さび》の浮いた階段を降り始める。

冬は、駅のほうへ進路を取る三田川を追いかけた。

「ちょっと。これで終わり？」

冬は先ほどの部屋を見てほしいと頼まれ、連れてこられたのである。

「まさか。一緒に来てください」

「どこへ？」

訊ねたが、三田川は澄《す》まして歩いていく。地下鉄の駅に着くと冬に切符を買って渡し、自分はＩＣカードを使って改札を抜けた。

地下鉄に乗りこんだ冬は、遠ざかるホームを眺めながら数時間前を思い出した。

その日、冬は執拗《しつよう》なノックに起こされたのだった。

「瀬山さん！　瀬山冬さーん！」

声の主は男性だった。若くはなく、さりとて老いてもいない。

また、脅《おど》すようでもないところから、借金取りは除外した。配達員か検針員か。

現在の冬を訪ねてくる人物など、その程度だ。

二十六歳、無職。ひきこもり。

学生時代のわずかな友人とも、とっくにつながりは切れている。

冬は居留守を決めこんで布団をかぶった。冬には受け取りたいような荷物も、払えるような光熱費もない。

世の中を上手《うま》く泳げず、吹き溜まってそろそろ二年。貯金もほぼ尽きた。

「瀬山さーん！　ご在宅ですよねー？　開けてもらえませんかー？」

訊ねる間も、ノックは絶え間なく続いている。

手を伸ばした冬は、布団の中にスマホを引き入れた。アプリを起動させ、ストップウォッチで計測を開始した。

さあ、どのくらいで諦《あきら》めるだろうか。

これまでの最長記録は三十分。大家が個人的に雇った金髪の若者である。

「払うモン払わねーで、のうのうと居座ってんじゃねーよ！」

去り際にはそう罵《ののし》って、扉を蹴りつけていった。半月ほど前のことだ。

「瀬山さーん！　それでは入らさせていただきまーす！」

男の言葉に続いて、施錠が外れた。しまった、ドアチェーン！

万年床から跳ね起きた冬が確認するより早く、玄関ドアが開いた。

うっかり蹴飛ばしたスマホが床を滑《すべ》る。

「失礼しまーす」

そう言って入ってきたのは、くたびれたスーツの男だった。四十代前半といったところだろうか。ひょろりとして、頼りない印象である。

チンアナゴ。状況が呑《の》みこめないながらも、頭の隅《すみ》で連想した。

「初めまして。わたし、三田川と申します」

チンアナゴもとい三田川が、腰をかがめて名乗る。腰の低さと状況がかみ合わない。ギャップに総毛立った冬は、内心を悟られまいと怒鳴った。

「っていうか、あんた！　鍵どこで手に入れたんだよ！」

「もちろんマスターキーです」

「もちろんじゃねえだろ！　勝手に入ってくるなよ！」

「すぐ済みます。用件はたった二点ですので」

三田川は指を二本立てた。気を呑まれた冬が認識するのを待ち、あらためて人差し指を立て直す。一点目。

「まず、あなたが滞納してらしたこちらの家賃は、わたしどもで代払いいたしました」

代払い。聞き慣れない言葉に眉をひそめると、三田川が部屋に上がってきた。

茶封筒から出した領収書を、冬の前に置く。


ブルーハイツ一〇五号室、瀬山冬様　家賃滞納分として

六桁《けた》の数字も、ざっくり合っている。敷金で精算した額に迷惑料なり遅延利息なりを加えれば、こんなところだろう。

大家の名前にも覚えがあった。ただ、なにが起きているのかだけが理解できない。

「これ、債権《さいけん》売ったとかそういうやつ？」

回らない頭で考え、訊いた。闇金《やみきん》を描いた漫画に、そんなシーンがあったように思う。

「少し違いますね。わたしどもは立て替えたわけじゃありません」

「じゃあ、どういう――？」

「家賃についてはこれでチャラってことです。もちろん、あなたにうちへの返済義務は発生しません」

説明されたことで、冬の中の警報器が作動した。警戒心いっぱいに訊ねる。

「ただその代わりに、って言い出すんだよな？」

「ええ。それが二点目です」

三田川が、二本目の指を立てた。

「いまから一緒に来てください。見ていただきたいものがあるんです」

「俺に？」

一瞬で、嫌な想像が駆け巡った。

「あ、物騒な想像したでしょう？　違いますよ」

苦笑されたところで、登場の仕方があれでは否定しきれない。

「見ていただきたいのは、あるアパートの部屋です。えーと。めぞん市場《いちば》二〇二号室」

上着のポケットに手を入れた三田川が取り出したメモを読み上げた。

「そこに、なにがあるの？」

「わかりません」

「わかりませんって」

おい。

「わたしには見えないからです。でも、あなたには視える」

顔をこわばらせた冬を三田川はまっすぐに見つめた。

「そう聞いてます、ウトウから」

ウトウ。

「そんな名前の知り合い、いないけど」

「あなたの知り合いだなんて言ってませんよ」

煙《けむ》に巻くような返答をした三田川は、冬のスマホを拾って差し出した。

「着替えてください。外で待ってますから」


三田川は地下鉄を降りると、冬を川沿いの小さな雑居ビルに連れていった。

エレベーターで三階へ。二つある扉のうちの左を選んで、磁気キーをスライドさせる。

ドア横には銀色のプレートが掲《かか》げられていた。凝《こ》った字体で彫りこまれた文字を、冬は読むともなしに読む。

スナシ
「ただいま戻りました」

三田川が入りしな、中に声をかけた。

そこは小さなオフィスだった。形ばかりの応接セットが置かれ、向かい合わせのスチールデスクが二つ。奥に一つだけ独立したデスクがある。

その独立したデスクに女性がついていた。三田川は彼女のもとに報告に向かう。

どうやら、彼女がボスのようである。

「視えましたよ」

女性が、冬に目を向けた。冬も彼女を見た。

その途端、レースのように重なった白い尾びれが冬の脳裏を泳ぎ過ぎた。

なんの魚だ？　イメージを掴《つか》み損ねた冬は軽く混乱する。滅多にないことなのだ。

彼女は華奢《きやしや》だった。白い、ふわふわした布地のワンピースを着ている。

そして小柄だ。冬よりも若く見えるが、確信は持てない。

やがて、年齢があやふやなのは目のせいだと気づいた。澄みすぎている。最新式のロボットなのだと言われれば信じてしまうだろう。そういう目だ。

「ありがとう、三田川さん」

彼女が言った。声はむしろ子どものようで、ますます年齢不詳になる。

「あんたが、俺を買った本人？」

代払いの件を挑発的にそう表現したが、返ってきたのは笑顔だった。

「そうなの」

「誰なんです？」

「羽塔花純《うとうかすみ》」

彼女がウトウ。冬は花純をじっと見つめたが、引っかかってくる記憶はなかった。

「どこかで会ってるとか？」

「ないと思うわ」

「じゃあどうして、俺を知ってるの？」

名前を。それから、人には見えないものが視えることを。

「人の噂《うわさ》って、驚くほど遠くに届くものよ」

「つまりあんたは、俺の直接の知り合いじゃないし、間接的な知り合いでもない？　なのに俺を買ったのは、あのアパートを俺に見せたかったから？」

「ええ」

「たったそれだけのことで、俺が滞納した家賃の肩代わり？」

「ただの必要経費よ」

「人違いしてるよ、あんた。俺は有名人じゃない」

祓ったり、術を使えるわけでもない。

「それに、ただ視るだけなら、あの半分の金額でも引き受けるやつがいるだろう?」

「あなたでなければ駄目なの」

「なんで?」

面喰《めんく》らって訊き返したが、花純は微笑《ほほえ》んでいるだけだ。

「羽塔さんは気まぐれなんです」

三田川が、フォローのつもりなのか口を挟んだ。

「わたしも、似たようないきさつから、こちらで働くようになりました」

「ここって、何屋なの」

冬はオフィスを見回した。職種がわかるような特徴はなにもない。そもそもが使用感も薄い。冬のわずかな会社員生活を振り返っても、オフィスというものは雑然として、もっと活気に溢《あふ》れているものだったように思う。

だが、ここは撮影用のオフィスセットだと言われれば納得するような空気感なのだ。

むろん、あのアパートの管理会社とも違うようである。

花純と三田川は、互いの認識にズレがないことを確認するかのように顔を見合わせた。

「人材派遣会社?」

「ですね」

「俺は、いったいなにを求められてるんだ?」

冬は寝癖の残る頭を掻《か》いた。わけのわからないことは、さっさと済ませて帰りたい。

「あのアパートで、視えたもののことを話して」

期待に満ちた花純の視線に、冬はもう一度訊ねたくなる。

あんたはそんなことを訊くために、あんな金額を払ったのか、と。

だが、どうやらそのようである。

半ば呆れながら、冬は応じた。拒絶の理由もないからだ。

「玄関を入ったら、フローリングのワンルームに茶髪を巻いた若い女が倒れてて」

「どんなふうに? 頭はどっち向き?」

「頭は玄関のほうで、こんな感じで」

言葉での説明は難しいので、動作をつけた。

「ちなみに、わたしのフェイントをかわして、失血死だって言った根拠は?」

三田川が訊いた。フェイント? ああ、ロフトを見上げたのは引っかけだったわけか。

「服が血で真っ赤で、顔が真っ白で歯の根があってなければ、普通はそう思う」

「瀬山さんは、担当の女の子が幽霊の髪を踏んでるって指摘したんですよ。そのあとで赤ん坊の話までしたから、担当の女の子、泣いて逃げちゃいました」

女性社員が放り出していったキーを、三田川は花純のデスクに置いた。

「これ、あそこのです」

花純はそれにちらりと目をやると、冬に訊いた。

「あなた、赤ん坊も見たの？」

「いや、声だけ」

「そういえば瀬山さん、初めからうるさそうな顔をしてましたよね」

とぼけた風貌《ふうぼう》のくせに、三田川はよく見ている。

花純が思案げな様子で訊いた。

「瀬山さん、その声って消せるのかしら？　つまり、あなたが気にしないようにできるかということ。なんていうのかしら、チャンネルを切り替えるみたいに」

「おそらくできる――が」

なぜ？　と目で問うた冬のほうに、花純がアパートのキーを滑らせてよこした。

「今日から、あなたの部屋よ」

「はい？」

自分でも驚くほどの大声が出た。

「ちょっと待て。だって俺には部屋が――」

「もうないわ。あなたが三田川さんと出かけた直後に、引っ越し業者さんが突入しているもの」

「おそらく、鍵の変更もされていると思います」

「おい待て。ちょっと待って！」

冬は二人を押しとどめるしぐさをし、まとまらない考えのままに両手を振り回した。

「あんたら、俺の家賃を代払いしただけだろ？　引っ越させる権利まではないじゃないか。大家が荷物を放り出せって言ったのか？」

「いえ、そのご提案をさせていただいたのは、むしろわたしどもです」

「なぜ！」

「ちょうど都合がよかったからよ。あなたには、あの部屋に住んでもらいたかったの」

「なぜ？」

「視てほしいの」

死者を。

冬は絶句した。突拍子もなさすぎて、納得のゆく筋書きを作らずにはいられなかった。

頭の中で、これまでに得た情報をかき集めて整理する。

「なんていうんだっけ、事故物件に一定期間ひとを住まわせてチャラにする――」

過去に自殺や変死があって借り手がつかなくなった部屋に、不動産会社が社員や斡旋《あっせん》した人物を住まわせることがある――という話をなにかで読んだ記憶がある。

「そういうのじゃないわ。というよりも、ただ住むだけなら、あなたのような力は逆に邪魔でしょう？」

「じゃあやっぱり除霊《じょれい》だろ？　さっきも言ったとおり、俺はそういうのできないから」

「できなくていいの。頼むつもりもないの。あなたにお願いしたいのは、あの部屋で暮らすことよ。そして、それをわたしに報告すること」

「――なんで？」

「知りたいの。彼女の死んだ瞬間を」

死んだ瞬間という言葉が妙に生々しく聞こえ、冬は視線で三田川に助けを求める。

三田川はまるで違和感を持たないのか、笑顔を返してきた。

冬は急に、得体の知れないものを相手しているような気分になってきた。

こいつ、なんなんだ？

「報告は、月曜日と金曜日。時間はいつでもいいので、必ずここに来てください。それ以外は、なにをするのも自由よ」と花純。

「今日中に、電気、ガス、水道が使えるようになる手はずです。それから、これ。ささやかながら、引っ越し祝い代わりの支度金です」

三田川が銀行の封筒を握らせてきた。それなりの紙幣《しへい》の厚みを感じる。

「いや、もらう謂《いわ》れはないから」

「意地を張れるような財政？」

花純に図星を指され、頬に朱が走った。

「三食ミルクもやしなんでしょう？」

その指摘で、熱くなった身体が一気に冷えた。なぜ、そんなことまで知っているのか。

冬は、花純に目を凝らした。花純は微笑むと立ち上がった。

「お願いね、瀬山さん。また金曜日に」

冬たちに背を向け、椅子《いす》の後ろのドアの奥に消えてしまう。

パタン、と軽い音をさせて、木製のドアが閉まった。


まるで狐《きつね》につままれたかのようだ。

否《いな》、いまもつままれ続けているのかもしれない。

午後八時。冬は敷いた布団の上にあぐらをかいていた。背中には、クッション代わりの掛け布団が丸めて置かれ、組んだ足の間には、熱々のミルクもやしの入った小鍋《こなべ》がある。

引っ越したばかりだというのに、室内を見回しても違和感がない。それは、家具の配置がこれまでとほとんど変わらないからだ。

万年床までが作り直されていたのには驚いた。最近の引っ越し屋は、部屋の状態の再現もするのか。それとも、あの便利屋もどきの「配慮」なのか。

めぞん市場、二〇二号室。本日より、ここが冬の住まいである。

冬はミルクもやしの湯気を見つめながら思った。

これ、世間を巻きこんで騒げる案件と違うか？

本人の合意なしに滞納金を代払いされ、外出した隙《すき》を狙って引っ越しを強行された。鍵も変えられた。

周囲を上手く焚《た》きつけられれば、以前のアパートに戻れそうだ。大家や、あの強引な羽塔花純から謝罪を引き出せるかもしれない。

つかのま冬は夢想して、それを放棄した。

戻ってどうする？　戻ったところで、現況、来月の家賃を払うことは出来ない。どうにか金をかき集められたとして、翌月は？　その翌月は？

もし次に詰めれば、家族に連絡が行く可能性もあった。両親、それから兄の顔が浮かんで身震いする。

だめだ。それだけは嫌だ。

それに、騒げば注目される。人々の興味は、理不尽な目に遭わされた側にも向けられるのだ。すぐにSNSを検索され、特定され、過去が白日《はくじつ》の下《もと》にさらされ批判される。

――人は誰でもその生涯《しょうがい》で十五分だけは有名になれるという。だが、冬はそんな十五分なんてごめんだった。

俺はモブでいい。水槽《すいそう》の中のオブジェで。

冬はできるだけ目立たず、波風を立てず、そっと生涯を終えたい。

そのためにはつまり、沈黙するしかないのだと結論が出る。そしてもっと言うなら、現在の冬はこの奇妙な提案に乗るしかないのである。

職なし、金なし、友人なし。

だから、家賃を肩代わりしてもらって死者を視る――。

冬は視線を右に動かした。

腹を庇い、血染めのワンピースを着た女はいまも横たわっていた。新しい入居者が暮らし始めたことにすら気づいていないだろう。

さむいさむいさむいさむいさむいさむい……

わななく唇から、ひっきりなしに言葉が漏れている。カッと見開かれた目の奥は昏《くら》い。そして意識をロフトに向ければ、ラジオのチューニングが合ったように赤ん坊の泣き声が聞こえ始めた。いったい、何人いるのだ？　二人？　三人？

聞きわけようと耳を澄ませる自分に気づき、冬は意識を切り替えた。

——関係ない。

赤ん坊がなにを求めていようと、失血した女が震えていようとどうでもいい。彼らは死者で、冬は生者である。そこには深い隔《へだ》たりがある。

ましてや、視えたからといって助けられるわけでもない。助けたいとも思わない。ひとと関わるのは苦手だ。生者でも死者でも。

俺は、しばらくこの部屋で暮らすだけだ。

ミルクもやしにラー油を垂らしながら、冬は計画した。羽塔花純を利用するのだ。ここにいれば家賃はかからない。おそらく光熱費も。週に二度あの事務所に顔を出して適当なご託を並べていれば、しばらくは生活をつなげられるだろう。

それでいい。

冬はもやしを食《は》んだ。値引きシールの貼られたもやしは、くさくて水っぽかった。明日は近所を歩き回ってスーパーを探そう。牛乳も固形のコンソメも残りわずかだ。

ミルクもやしを食べ終えた冬は、小鍋を万年床の外に押し出して掛け布団にくるまった。眠気が襲ってくるまで、シムフリーのスマホでゲームをする。3マッチと呼ばれる、図柄を三個以上合わせて消してゆくタイプのゲームがお気に入りだ。

指を動かしていると、頭を空っぽにできる。

冬は、無課金で遊べるゲームをハシゴした。得たポイントで庭を造り、花を咲かせ、モンスターをコレクションする。

さむいさむいさむいさむいさむい……

女の声は、冬が眠りに落ちたあとも続いていた。

桜沢白恵《さくらざわもえ》。

それが、冬の部屋に横たわる死者の名だった。

白恵の生前の写真は、ネットで簡単に拾うことができた。顎《あご》にマスクをかけ、八重歯《やえば》を見せてピースサインをしている。

金髪のロングヘアの前髪を頭頂部で括《くく》り、ピンクのスウェットを着た白恵は、眉を細く整えた男と頬を寄せ合っていた。

相手である。

もえ♡せーじ、と丸っこい文字が書き添えられている。

この男が、破局後も執拗につきまとい、包丁で腹を刺して白恵を死に至らしめた元交際相手である。

住所といくつかのキーワードを打ちこんで得た情報をざっとさらってみたところ、その過程は「よくある事件」だった。交際に持ちこむまでは優しかった男が、態度を豹変《ひょうへん》させて暴力に走り、女が耐えかねて逃げたことに逆上し、追跡の果てに刺殺する。

どんだけ情弱《じょうじゃく》なんだ、と冬は花純に呆れた。スマホをポチポチすればただで引き出せる情報すら引き出せずに、わざわざ現場に人を送りこんで調査させようとするなんて。

まあ、いい。せいぜい自分は乗っかるだけである。

金曜日の夕方。冬は支度してアパートを出た。伸びかけの髪を輪ゴムでひっつめ、ジーンズにサンダル履きで事務所へ向かう。

とことんカジュアルないでたちも時間帯も、花純に挑戦するつもりで選んだ。

利用するつもりでいるのに、花純にはなぜか媚《こ》びる気が起きなかった。むしろ反感を持たれたい、眉をひそめさせたいという衝動に駆られるのである。

「いらっしゃい」

インターホンに応《こた》えてドアロックを解除したのは花純だった。入ってこいと言われてドアを開けると、ボス机についた花純が見えた。

「まさか、席に走って戻ったのか?」

「まさか」

笑顔の花純の前には、たったいま使ったばかりのようなリモコンがあった。インターホンの受話器兼、ドアロックの解除ボタンだろう。

「今日は三田川さんがいないの。だから白湯《さゆ》しか出せませんけど」

給湯ポットを示されて、思わず冬はつっこんでしまった。

「あんた、お茶も淹《い》れられないのか?」

にこにこするだけの花純に折れて、冬は簡易キッチンに立った。ヤカンを火にかけておいて戸棚を開ける。中には紅茶が揃《そろ》っていた。コーヒー豆はゼロ。

この事務所では、コーヒーを飲む習慣はないらしい。

「どの紅茶?」

「そうね」

相槌《あいづち》は打ったものの一向に返答がないため、冬は真っ先に目についた缶に決めた。

ラプサンスーチョン。何語だろう。ガラスのポットに振り入れて熱湯を注ぐと、薬草を焦がしたような香りが立ちのぼる。

「あんたこそんなんで経営、大丈夫なのか？」

ついそう訊いた。三田川の話しぶりだと、ここの代表は花純のようである。経営手腕《しゅわん》と家事能力は比例するものではないにしろ、茶も淹れられないのでは疑いもわく。

「事務所が潰《つぶ》れたりしないかってこと？　片手間だから、大丈夫」

「潰れてもかまわないっていう意味か？」

「そうね。なにも困らないわ」

「社員に対する責任は？」

「退職金なら、どんな潰れ方だったとしても出せることになってるから」

「金持ちかよ」

つぶやきに、花純は寂しそうな笑みを浮かべた。

冬は水切りカゴに伏せてあった花柄の大きなマグカップに、紅茶をなみなみと注いで花純に渡した。嬉《うれ》しそうに香りを吸いこむさまはかわいらしいが、どこか不安もかき立てる。

「ああ、瀬山さんもどうぞ。ご自分で注いでくださいな」

「いい」

焦げた薬臭い茶は飲みたくない。冬は手ぶらのまま、花純の正面に立った。

「ひとつ訊きたいことがある。あの部屋のことで」

「あの部屋のことは、よく知らないのよ」

「そんな部屋に、よく人を住まわせるな」

厭味《いやみ》を微笑みでかわした花純は、紅茶でのどを潤した。

「ひとつ訊くといえば、わたしもいいかしら。前回、話すのを忘れていたことがあるの。報酬の件」

冬はぽかんと口を開けた。――報酬だ？

「家賃や光熱費はこちら持ちだから、二十万くらいでどうだろうかって」

少ないかしらと訊ねられて、めまいがした。

「あんたは俺をあそこに住まわせて、さらに金まで払うって？」

正気か？

「だってビジネスですもの」

「刺されて死んだ女を視るのが、ビジネス？」

「いけないかしら」

「そのために代払い金を積んで、さらに報酬まで出すのがビジネス？」

口調に嫌悪が混じったが、花純は悪びれもせず応じた。

「ええ。ビジネスよ」

ここに来てようやく、冬は花純に反発したくなる理由に気づいた。その一連の言動を、死者への冒涜《ぼうとく》のように感じるからである。

「死者は、あんたの楽しみのためにいるわけじゃない」

警告を籠《こ》める眼差しに、花純はちらとも怯《ひる》まなかった。

「でも死者はいるのよ。不幸な人生を歩んだ果てに、不幸な死にざまをさらして」

死にざまをさらす。ずいぶんな言葉じゃないか。

「あんた、不幸な亡くなり方をした人を見下してるんだろう？」

「見下してるわけじゃないわ。興味があるの。そのひとがどんなふうに生きた結果、ひどい死を迎えて、最期《さいご》になにを思ったのかに」

「悪趣味だな」

吐き捨てても、花純の表情は揺らぎもしない。

「暇だもの。お金があって暇な人間は、悪趣味になるしかないの」

「だから、他人の死に興味を持つってか。働けよ」

はっきりと毒づいたのに、返ってきたのはふうわりとした笑顔だった。

「じゃあ、まず瀬山さんからね。報告どうぞ」

なんだか、調子のくるう女だ。

羽塔花純のことである。

わざとラフな恰好《かっこう》で行き、きつい言葉も吐いたというのに、まるで効果はなかった。

なんて言ったっけ、ぴったりな諺《ことわざ》があったはずだ。柳に糠《ぬか》——ではなくて、柳に風。糠に釘《くぎ》。暖簾《のれん》に腕押し。

放った攻撃は、すべてかわされた感じだ。意図的なのかそうでないのか、質問の答えも微妙にはぐらかしていた。

——単に読解力のないタイプというだけかもしれないが。

帰宅した冬は、いつもの夕食を摂《と》った。ミルクもやしだ。

ミルクもやしは、つまりもやしのミルクスープである。小鍋に水とコンソメと塩胡椒《こしょう》を入れて沸騰させ、もやしを入れて、火の通り過ぎないうちに牛乳を足す。今夜は安売りスーパーで投げ売りのカレー粉缶を手に入れられたので、ほんのりカレー味だ。

三田川に押しつけられた封筒には十万円入っていたが、まだ手はつけていない。

どこかで、あの金を使ったら負けのような気がしていた。それにある日、全額の返還要求をされる可能性も捨てきれない。

冬は花純を信用していなかった。信用できるわけがない。ほんの数日前、いきなり現れ、死者に妙な執着《しゅうちゃく》を見せている。

歯ごたえの残るもやしを機械的に口に押しこみながら、冬はスマホをいじった。

スクロールしながら、先刻のやりとりを思い返す。

報告をと促され、ネットで得た情報を小出しに披露したが一蹴《いっしゅう》された。誰にでもなぞれる「輪郭《りんかく》」など要らないと言う。

「視てほしいのは、中身なの」

中身とは、またずいぶんな言葉を選ぶ。グロテスクな連想しか浮かばない。

冬は白恵を見た。いつまでも、そんなところにいなければいいのにと八つ当たり気味に思う。いつまでも歯を鳴らして震えているから、ああいう女に興味を持たれるのだ。

「なあ。もう行けよ」

声をかけてみた。初めてのことだ。白恵は反応しない。

さむいさむいさむいさむいさむい……

ここに住み始めて以来、ずっとこれを聞かされている。

正気を失っているのだ。死んだことを自覚できずに、最後に意識があった時の姿のままですべてが止まっている。

いつものように黙殺しようとしたが、今日は上手くいかない。うるさい。癇《かん》に障る。

さむいさむいさむいさむいさむい……

「寒くないって」

黙らせたくて言った。

さむいさむいさむいさむいさむい……

「寒くねぇよ」

さむいさむいさむいさむいさむい……

「寒くねぇって言ってんだろ！」

空になった小鍋を冬は投げた。小鍋は白恵の肩を突き抜けて、床に転がる。

果てしなく続いていたつぶやきが消え、白恵が起きあがった。

左瞼《まぶた》が腫《は》れあがり、頬には擦り傷。やっと夢から醒《さ》めたような顔をしている。

「あたし……あれ……？」

いままでなにをしていたのか、思い出せないのだ。無理もない。白恵が殺されて、一年近くが経過している。

「つか、どこここ？　って、うそあたしんち？　じゃなくね？　なんか違う」

混乱した様子で、白恵は髪を掻きむしった。違和感があったのかすぐに手を下ろし、真っ赤に染まった両手に悲鳴を上げる。

「刺されたんだよ、あんた」

冬は教えた。愕然《がくぜん》とした白恵が、やっと冬の存在をみとめた。

「だれあんた……。あんたが、あたしを刺したの？」

「あんたを刺したのはせーじだ」

写真に書いてあった名を口にした途端、白恵が身体をこわばらせた。

「あんた、せーじから逃げたんだろ？　でも、見つかったんだよ」

「ああ」とうめいた白恵が自分を抱く。その腕も脚《あし》も、切り傷と痣《あざ》で埋め尽くされている。

「もしかして。あたし――死んだ？」

心細そうな声に、冬はうなずいた。

目を丸くした白恵の表情に理解が広がる。胸に引きつけていた膝《ひざ》をぺたんと床に落とし、白恵は手放しで泣き始めた。

一晩中泣くだけ泣くと、白恵は切り替えが早かった。

「死んでるって、けっこう便利かも。痛くないし、苦しくもないってすごくね？」

身体をひねってあちこちを見回し、感心している。

ああそう、そりゃあよかったな。冬は口中でつぶやいた。泣き声で一睡《いっすい》もできなかったのだ。皮肉の一つくらいは出てくる。

「あたし、死んでずいぶん経《た》つんだ？　あんた、新しい入居者なんでしょ？　名前は？」

布団の中で白恵に背を向けた冬は、スマホをいじっていた。基本、死者と関わる気はない。昨夜のあれは、うるささが我慢の限界を超えたためだ。

「ガン無視ってひどくない？　っていうか、そのゲーム、初めて見た！」

冬のやっている3マッチゲームを背後から覗きこんでいるらしい。

「いいなー。それやってみたいんだけど。貸してくんない？」

生き返れたらな。

「ねえ。あたしの声、聞こえてんだよね？　あれ？　もしかして聞こえてない？」

次の瞬間、白恵は冬の耳元で絶叫した。

「きゃ――――人殺し――――――っ!!」

「なんだよ！　耳元でふざけんな――！」

驚いて叫び返した冬は、布団をはねのけて起きあがる。

冬の気を引くことに成功した白恵は、手を叩いて喜んでいた。その悪びれなさに、冬の中で瞬間的な怒りが湧いた。

拳《こぶし》を固め、それから布団をかぶり直した。荒い呼吸を繰り返し、怒りが静まるのを待つ。

と、脇腹の辺りを布団越しにつつかれた。

「もしもーし。冗談ですよぅ」

さっきの悲鳴とは打って変わった、舌っ足らずな甘え口調だ。

ふいに掛け布団が重くなる。白恵がのしかかったのである。

「おーこーんーなーいーで。お願いっ」

背中に白恵の丸い重みを感じた。意識した瞬間、冬は白恵を突き飛ばしていた。

「やめろ！」

床に尻餅《しりもち》をついた白恵が、うろたえたように冬を見上げていた。

冬も、同じようにうろたえていた。

「――そういうのはナシだ。近すぎる」

傷つけるつもりはなかったと釈明すると、笑い声が返ってきた。

「うっそまじ？　未経験？」

「刺すぞ」

「とっくに刺されてますからー」

脅し文句をさらりとかわした白恵は、しばらくしてからぽつりと言った。

「うん。もうやらないから。お願い、無視しないで」

その声はひどく寂しそうに聞こえ、冬はばつの悪さも隠したくて応じた。

「服を着たらな」

白恵が自身を見下ろした。赤黒く染まったワンピースは胸元が弛《たる》み、ふくらみがほとんど露《あらわ》になっている。

「だけど着替えるってどうやって。——あ、そか」

白恵は呑みこみが早い。霊体のまとう服は意識で変えられると気づいて、オフショルダーのカットソーにショートパンツという姿になった。

「これでいい?」

「そのまま、光のほうへ歩いていけよ」と心霊ドラマでよく聞く台詞《せりふ》を口にした。

冬には光が見えるわけでも、そういう世界があると信じているわけでもないが。

ただ、早く追いだしたい。

白恵は辺りを見回してみた。どうやら、それらしきものはあるらしく、一点で視線が止まった。

「行けよ。そうすれば成仏《じょうぶつ》できるらしいから」

促すと、白恵は冬と光を見比べるようにしてから膝を抱えた。

「もうちょっとここにいる」

「出てけよ。死んでんの認識したんだから、行け」

浮かばれず、現世に残り続けるメリットなどないのだ。

「ヤダ。あたし、まだなんにも楽しい思いしてない」

「来世に期待するんだな」

冷たく突き放したが、白恵は膝に顎を埋《うず》める。

「どうしてあたしを追いだそうとするの？　あたし、ウザい？」

一瞬のためらいを捨て、冬はうなずいた。

白恵の両目に涙が盛り上がる。白恵は拭《ぬぐ》いもせず、頬を伝うに任せた。

「なんでだろうね。なんでみんな、なんでいつも、あたしをウザいって言うのかな」

なんでだろう。その言葉は冬の心にしみた。

なんでみんな、なんでいつも、俺を気味悪がるんだろう。

視えるからだ。幼い頃には区別がつかず、空に向かって延々話しかけたりしていた。

「距離感ゼロだからだろ。ふつう、彼氏でもない男にのしかかんねぇよ」

白恵はばつが悪そうに身じろぎした。消え入りそうな声で詫《わ》びる。

「ごめんなさい」

それしか方法を知らなくて、と聞こえた。

ふと目を凝らした冬の中に、白恵の生前のイメージが流れこんできた。

出来のいい姉とかわいい末っ子の弟に挟まれた、三人兄弟の真ん中。父親はおらず、母親は白恵だけをはっきりと無視して暮らしていた。

おやつもプレゼントも、一人だけない。

かまってほしくて甘えるたび、邪慳《じゃけん》に払われた。それならば、と問題を起こすと殴られた。クラスメイトは遠巻きだ。薄汚れた服の、垢《あか》じみた少女と親しくなろうとは思わない。

けれどもある時、白恵は武器を手に入れる。若いということ。女性であるということ。

この二枚のカードを首にぶら下げて歩ける日が来てからは、白恵は寂しくなくなった。

ちやほやしてくる上級生にしなだれかかると、お菓子が面白いように手に入った。

若いサラリーマンに触らせれば、少額の紙幣。

もっと奥まで探らせれば、高額紙幣が数枚。

かわいいね、と言われるのが嬉しかった。嬉しくて、喜びそうなことならなんでもした。

写真、撮って？　お小遣いにしていいよ？　その代わり、もえ、毎日会いたいの。毎日。

冬は立ち上がって、シンク下に備え付けられた冷蔵庫を開けた。凶器の包丁が入っていた観音開きの扉の、右側に収められている。

薄力粉を引っぱり出し、百円ショップで買ったフライパンを火にかけた。

「なに作るの？」

興味を持った白恵が顔を上げる。

「朝飯」

もう眠るのは諦めた。

フライパンに油を引き、水で溶いた薄力粉をフライパンに流しこんで両面を焼いた。言ってみれば、具なしのお好み焼きである。

最後に醤油《しょうゆ》を垂らして、香ばしく仕上げた。

「いいにおいだね」

フライパンを持って万年床に戻ると、白恵が鼻をひくつかせた。おそらく無意識なのだろうが、目が輝いている。

冬は万年床であぐらをかく。期待の眼差しでフライパンを見つめていた白恵は、そこではっとして唇を嚙《か》み、顔を背けた。

習い性でそうしたのだと気づき、冬は無視できなくなった。

「食うか？」

声をかけると、白恵がおそるおそる振り向いた。

冬は箸《はし》で三分の一ほどわけた。皿がないので、残りのお好み焼きを二つ折りにしてスペースを空け、取り分だと示す。

「いいの？」

「あんまり美味《うま》いもんじゃないし、あんたがその姿で食えるのか知らないけど」

白恵はお好み焼きを見つめた。お好み焼きの湯気が消え、冷えて色褪《あ》せる。

食べたのだ、と冬は理解した。

目を細めて味わった白恵は、やがてため息を漏らした。

「美味《おい》しい。わけっこって、美味しいね」

とんだ誤算だった。

「ねー冬ぅ。これとこれ、どっちがかわいい？」

白恵が二種類のファッションを試して意見を訊いてきた。裾《すそ》を縛ったシャツか、肩が片方だけずり落ちるデザインのカットソーか。

「――どっちでも印象は同じだ」

面倒くささを隠しもせずに答えたが、白恵は嬉しそうにふくれ面《つら》をする。無視はしない。その代わり、必要以上べたべたしない。それがこの家のルールだからである。

「ええー。じゃあ、冬の好みのほうにするね。どっち？」

「よりイラッとくるのは、肩がずり落ちるほうだ」

「よし。じゃあそれにするっ。そしたら、メイクは？　ピンクかオレンジで」

幽霊の特権で、まばたきの速さでチークやアイシャドウの色を変える。

「ピンクはしもぶくれに見えるが」

「はいピンクね。じゃ、支度できたから行こ！」

白恵は生前のようにヒールを履いて冬を手招きする。ため息を殺した冬は立ち上がり、代わり映えのしないファッションで潰れたスニーカーを突っかけた。

月曜日の午後八時。定時報告の日である。出るのがいささか遅れたのは、白恵にごねられたからだ。ダメ、いや、行かないでと粘《ねば》られ、最終的に同行することに落ち着くまで、数時間を有したのである。

あの日朝食を分け与えたのがきっかけで、冬は白恵になつかれてしまった。いや、憑《つ》かれたというべきか。

あれは完全に悪手だった。後悔しても後の祭りだ。白恵は気が済むまで、冬から離れないだろう。

そして祓う力のない冬には、なすすべがない。

地下鉄のホームで電車を待つ間に白恵が訊いた。

「あのさぁ、冬。いまからいくところで、あたしのこと喋《しゃべ》るんでしょ?」

「そういう約束で雇われてる」

応じる声は、辺りを憚《はばか》って抑えてある。

「それ終わったらさぁ、渋谷《しぶや》行こ?」

「断る」

即答した。人混みは苦手だ。

「なんでぇ? 楽しいよ渋谷——ってか、楽しかったよ渋谷」

律儀に過去形で言い直すので、訊いてみたくなった。

「よく行ってたのか?」

「寂しいから、人がたくさんいるとなんか安心して。けっこうみんな、親切だったし」

「その親切な人のうちの一人に殺されたんだろ」

「うん、まあ、そゆことになるけど」

白恵がせーじに出会ったのは、ナンパだ。声をかけられ、ちやほやされて気分が良くなり、せーじの友人だという女性のアパートに転がりこんで交際が始まった。

電車がホームに入ってきた。露になった白恵の左肩に、先頭車のライトがはじける。

「初めはよかったんだ。――しあわせだった」

その言葉に冬の記憶が疼《うず》く。急いで記憶に蓋《ふた》をし直しながら、冬は言った。

「みんな、そうだろ」


「お疲れさまです」

事務所で応対に出た三田川の声は冷たかった。まあそうだろう。定時報告にしては遅すぎる時間だ。

花純はいつものようにデスクについていた。白い、くしゃっとした布のシャツワンピースを着て、髪は下ろしている。ちんまりしていて、まるで子どもが座っているようだ。

フン、と白恵が鼻を鳴らした。儚《はかな》げな外見に、いっぺんで敵意を抱いたようである。

「どうぞ掛けて。飲みものは？」

いらない、と言いかけた冬は思い直して水を頼んだ。憑いている状態は、身体に負荷がかかる。いまも、肩の辺りが痺《しび》れて重い。

三田川が冷蔵庫からミネラルウォーターを出して渡してきた。

「それで、どう？　変わったことはあった？」

花純は遅くやってきたことを責めない。もしかすると、気にしていないのかもしれない。

ミネラルウォーターのキャップをひねり開け、のどを潤してから冬は答えた。

「彼女は自分が死んだことに気づいた。もう寒がってはいない。生きていた頃の姿を取り戻している」

「へえ、そんなことあるんですね」と三田川。

「死者が死を自覚できればね。魂は自由だから、どんな姿にもなれる」

花純がわずかに目を瞠《みは》った。

「ちなみに、いまはどんな恰好なんです？」

「肩が片方だけずり落ちるカットソーにショートパンツ――だった」

過去形にした冬は顔をしかめた。

髪を盛ったドレス姿の白恵が、花純のデスクに尻を乗せている。つけまつげに濃いアイメイク。爪先を引っかけてぶらつかせているサンダルは、錐《きり》のようなピンヒールだ。

完全な戦闘態勢になっている。

「瀬山さん？」

花純が怪訝《けげん》な顔をした。冬はこめかみを揉《も》み、どうとでもなれという気持ちで明かす。

「──そこにいる。あんたのデスクに腰かけて」

「どこどこ？　どこです？」

三田川が好奇心も露に近寄ってくる。

花純は冬の示した辺りに視線を向けた。白恵が盛大なあかんべを返したが、視えていないようである。

「つまり、連れてきちゃったわけですか？　なんでまた？」

「成り行きで」

「話のできる状態ですか？　瀬山さんがここへ来た理由もご存じで？」

「知ってまーす」と白恵が応じたので、冬はうなずいてみせた。

すると花純の目に生気がさした。出会って以来、初めてではないかと思う。

「直接、話せるかしら？」

熱をこめて訊く花純に、白恵が意地の悪い視線を向けた。

「どーしよっかなー」

「お願い、もえさん。答えてください」

花純が手を合わせると、白恵はデスクから降りた。冬の座る椅子の肘《ひじ》掛けに腰を下ろして首に抱きつく。

「冬ぅ。鳩《はと》して〜」

それが白恵のやり方なのだ。人前でこれ見よがしにしてみせ、所有権を主張する。

離れろ、と言えずに冬は硬直した。いま声を出せば、花純たちに状態がわかってしまう。

声が甘えた。鳩？　とぶっきらぼうに訊くことで、ルールを思い出させようとする。

「伝書鳩。じゃないと、オバサンにあたしの声聞こえないんでしょ？」

「聞いてほしいなら、それなりにしろよ」

「は？　なに言ってんの？　聞いてほしいのはあっちのオバサンじゃん」

ちょっと脅した程度では、白恵は離れそうにない。

「質問して。彼女の答えを俺が伝えるから」

そのほうが早く済みそうだと冬は促した。花純が口を開いた。

「もえさん。どうして元の交際相手に殺されたの？」

花純の暴投が、白恵に直撃するのを見た……と冬は思った。

冬の頭をかき抱いたまま、白恵が花純に怒りの眼差しを向けた。花純は続ける。

「もえさん、あなたはどんなふうに死んだの？　なにを考えながら死んだの？」

花純の声は平坦で、そのくせ熱を帯びていた。

白恵は戸惑い、すぐにその気持ちを怒りに変えたようだ。当然だ。白恵の死に踏みこむ権利は、花純にはない。

「教えたら、あんた、あたしになにをくれるわけ？」

冬は白恵の言葉を伝えた。苛立《いらだ》った口調そのままに。

花純は、考えるそぶりさえ見せずに答える。

「なにも」

「はあ？　そんなんで、あたしに得ある？」

「いいえ」

「じゃあ、なんで言わなくちゃならないのよ？　あんたの満足のため？」

「欠片《かけら》を拾い集めるために必要なの」

突拍子もない言葉に、白恵はしばし花純を見つめた。探るような目つきが、やがて挑むような光に変わる。

「せーじは、あたしを殴って蹴って、引きずり回したあとで包丁を持ちだしたの」

白恵はそう話し始めた。

「顔を切られそうになったから腕で庇ったら腕を切られて、怖くて叫んだら、目を殴られた。もうそこで痛いし、すっごくわめくから頭なんかほとんど真っ白で、そしたら急に息が詰まって、なんだかわからないけど身体を縮めたら、内臓に激痛きて、のどから勝手にううううって声が出て、腹んところがぐしゃぐしゃに濡れてるのがわかって、血だってわかって、どんどん寒くなって、何度も吐きそうになって、——そういうのがみんな遠くなって死んだんだよ？」

白恵の体験がそのまま自身の痛みとなり、言葉を紡《つむ》ぐ冬の脳裏で白い光が瞬《またた》いた。

だが花純は頬を紅潮《こうちょう》させた。先を聞きたがるその表情に、白恵が歪《ゆが》んだ笑みを浮かべる。

「せーじね、あたしを刺したくせに慌《あわ》てたの。そんで、半泣きで包丁抜いて、血がぴゅーって噴き出た傷を押さえて震えて、なのに最後、なんて言ったと思う？　やべぇ勃《た》っちゃった、だって」

小さくうめいて、手で口を覆《おお》ったのは三田川だった。

「いまわの際に、クズ男のクズな言葉を聞いたのね。どんなふうに感じた？」

踏みこみ過ぎた花純の質問に、白恵が冬のミネラルウォーターをひったくって投げた。

ペットボトルは宙を飛び、花純の頬すれすれをかすめて落ちる。

花純は不思議そうに目を瞠り、それから冬を見た。

「——怒ったの？」

「当然だ」

不躾《ぶしつけ》もいいところの質問をしておいて、その自覚がないのには呆れた。

「ごめんなさい。怒らせる意図はないの。でも、どんなふうに訊けばいいかわからなくて」

普通は訊かない、という常識が花純には欠落している。

「もえさん。謝ります。ですから、どんな気持ちだったのかを聞かせてください」

花純が懇願した。泣かんばかりだ。

「ヘンな女」

白恵が吐き捨てた。同感だ。死者の言葉が、なんの欠片を集めるというのか。

「もういいだろ」

目を閉じた冬は言った。目の奥が痺れ、頭痛が始まりつつある。白恵の最期に共鳴しているせいだ。

しかし、花純に諦める様子はなかった。全身で耳を澄ませて答えを待っている。

はあっと乱暴にため息をついた白恵が、苛立ちも露に答えた。

「あたしがどんな気持ちでせーじの言葉を聞いて死んだか？　いーよ、冬。鳩ってやって。寒すぎて身体痺れててなんにも感じなかった、って」

冬が一字一句違《たが》えずに伝えた途端、花純は手を合わせた。

「ありがとう」

涙声になる花純に、冬も白恵もなにも言えなくなった。


夜の渋谷駅前は活気に溢れていた。週初めだ、というのは関係ないようである。四方から押し寄せる人の波に冬はまごついた。改札から駅前交差点に辿《たど》り着くだけでも、進路を保てずに蛇行《だこう》する。

すれ違う誰もがいきいきとしていた。冬には、そんなふうに見えた。流行《はや》りのファッション、鼻をくすぐる香水。仲間内のお喋り。そのどれもが冬には遠い。

戸惑いを感じているのは白恵も同じようだった。同世代の女性を落ち着かなげに振り返り、不安そうな表情を浮かべる。

井《い》の頭《かしら》通りからＢｕｎｋａｍｕｒａの辺りまで歩いて、ようやく白恵が立ち止まった。

「――時間てすごいね。この入れない感。気持ちが、まじでぶるった」

閉店後のデパートのシャッターづたいに座りこむ。

「なんかいまはっきり、あたしって死んだんだって思った」

「遅すぎだろ」

「そだね」

腕に顔を埋めた白恵が、泣き笑いの顔で街を眺める。

それは輪からはみ出した者の表情だった。もう、あそこには入れない。

冬は白恵の隣に立っていた。傍《はた》からは、待ちぼうけでも食らったように見えるだろう。

「風邪ひかないうちに帰れよ」

背後から、そう声をかけられた。歩き去る若い男が振り返り、笑顔を見せる。

「——冬。冬はさ、どうして幽霊が視えるの？」

交差点の信号が三度目の青になる頃、ぽつりと白恵が訊いた。

「それは俺も疑問に思ってる」

家族の中で、冬だけがそうだった。

「体質？　ちっちゃい頃から視えてたの？」

「ああ。最初は区別がつかなくて、気味悪がられたよ」
四、五歳の頃の記憶に、真っ白な病院がある。大学病院。壁に向かって話しかける息子を案じた両親が、冬を連れていったのだ。
その前日、膝をつき合わせて座った両親は、ひどく真面目《まじめ》に言った。

『冬はときどき、見えない誰かと喋ってるんだね。明日、おっきな病院にいくからね。先生に、そのことをお話しするんだよ？』」

あれで、世の中には視える人間と視えない人間がいるのだと知り、視えない人間と喋ると周囲を困らせるのだとわかった。

「得したり、人気者になったりしなかった？」

アニメやマンガならな、と苦笑が漏れた。

「むしろハブられた」

あいつ、おバケと喋るんだぜ。おバケの仲間なんだ。

近所の子どもの意地の悪い声は、いまも耳の奥に残っている。

膝を抱えたままの白恵が、ぎこちなく笑いかける。

「あたしと冬って、似てるのかな。だから居心地がいいのかも」

「いいのかも、とか言ってないで行けよ。あんまグズグズしてると、浮遊霊《ふゆうれい》になるぞ」

「フユーレー？」

「成仏できずに、この世をフラフラさまよう死者の魂」

白恵が悲しげに笑う。

「うん、それでもいいかなって。だって、そしたら冬にくっついてられるでしょ？」

「俺に迷惑かける前提か」

拒絶に、白恵は怯《おび》えた表情を見せた。

「取り憑かれるのって、やっぱ迷惑？」

「頭痛、吐き気、肩の痺れ。ちなみに現在進行形だ」

簡潔に答えると、白恵は懸命に頭を巡らせてからぱっと笑った。

「わかった！　じゃああたし、冬じゃなくって部屋に憑く。そうすれば、あたしは冬と一緒にいれて、冬はぴんぴんしてられるよ？　めいあーん」

「水を差すようで悪いが、俺があそこで暮らすのは、たぶんあと少しだ」

花純は今夜、知りたかったことを得た。これ以上、白恵にも冬にも用はないはずだ。下手をすれば、明日にもおさらばになるだろう。

「そしたら冬はどうするの？」

「さあ」

現実的には、報酬を手にどこかへ移るしかない。あるいは、追いだされるまで居座るか。

「帰るとこ、ないの？」

「ない」

「じゃあ、一緒に死なない？」

誘われて、冬は目を瞠った。

「いや、おまえもう死んでるだろ」

「そういうことじゃなくて！　あたし、本気で言ってんだけど！　死んだら、つらいことかなくなるよ？　一緒にいれるし」

「俺は、死んでも浮遊霊になる気はない」

「いいよそれで。あたし一緒に行くよ」

「ツレがほしいなら、その辺で募ってくれ」

さっと見回しただけでも数人、浮かばれない者が佇《たたず》んでいる。

冬の態度に、白恵が怒ったように訊いた。

「冬は、まだこんなところにいたいの？」

こんな世界に。

痛烈な問いに冬は黙りこんだ。生きていたいわけではない。さりとて、死を望んでもいない。なにも決めず、ただ果てまで流されたい。

その気持ちを説明するのは億劫《おっくう》だった。理解してもらえるとも限らない。

クラゲ。その一言で、すべてが伝われば楽なのに。

冬は答えずに歩きだした。泣き顔になった白恵が追いかけてくる。

「冬？　怒ったの？　ごめんね。ごめんね直すから！」

腕にすがりつかれた。振り向かせようと必死だ。必死すぎる。

「おまえ、そんなだからせーじみたいな男に利用されたんだよ」

強めの口調に白恵がびくっとした。

「ごめんなさい」

腕をほどいて、べそをかいた上目遣いになる。冬のシャツの裾を摑む。

「もう一緒に死のうなんて言わないから、行かないで」

「だから、そういうのをやめろよ。——相手がつけあがる」

白恵の目に盛り上がる涙を見て、冬はもどかしくなって言葉を足した。

「もっと自信を持てよ。おまえはかわいいし魅力的だ。媚びなくていい」

言葉を尽くして、ふと我に返る。自分はなにを言ってるのか。

そもそもは、白恵の誤解を解きたかっただけなのだ。無言で歩き始めたのは、返事に詰まったからで怒ったからではない、と。

「さっきの答えは、クラゲだ」

一応、そう言ってみた。白恵のぽかんとした表情に「忘れてくれ」とつぶやく。

「あ。待って待って、冬ぅ」

冬の機嫌を損ねたわけではない。そこだけは理解した白恵が甘えた声でついてくる。

その日の夜中、冬は白恵に起こされた。

「ごめんね、寝てるのに。起こしちゃって、ほんとごめんね」

「いいから。――なに？」

スマホを引き寄せて時刻を確認する。午前二時。寝入って一時間半ほどだ。

枕元に座った白恵は泣きそうな顔をしていた。

「この部屋、なんかいるの。赤ちゃんの声が聞こえる」

「いまごろか」

「いまごろってなに？　冬、知ってたの？」

「知ってたもなにも、たぶん、おまえよりも前からいるぞ」

起きあがった冬は電気をつけた。眩《まぶ》しそうに目をしばたたいた白恵に根拠を説明する。

「あんたが死んだあと、俺が入るまでずっと空室だったそうだ。だとするなら、あんたの入居より前からいたってことだろう？」

白恵が氷の塊《かたまり》でも飲んだような顔をした。

「あの赤ちゃんって、幽霊だよね？」

気づかれたら襲いかかられると言わんばかりのささやき声だ。

冬がうなずくと、白恵はさらに声をひそめた。

「どんな子か、視える？　なにか探してる？」

「自分じゃ視えないのか？」

死者同士なのに、と意外に思った。だが、そういうこともあるのかもしれない。

冬はずっと避けていたロフトに意識を向けた。

「泣き声は三つ。姿はよくわからないが、這《は》い回ってる気がする」

いわゆる波長が合わないタイプらしく、ぼんやりとしかキャッチできない。

「泣き声が三つって、三人ってことだよね？　――どうしてここにいるの？　訊ける？」

冬は渋った。気にかけることで、さらに三体の赤ん坊霊に憑かれてはたまらない。

「お願いします」

頭を下げられ、冬はコンタクトを取ってみる。泣き声がいっせいにこちらに向けられたが、すくい上げられるような感情はなかった。

まだ赤ん坊だからなのか、思念があやふやなのである。

「本人たちも、ここにいる理由はわかっていないらしい」

冬はそう理屈づけてみたが、白恵の表情は曇《くも》ったままだった。

「自分の赤ん坊かもしれないって思ったんだろ？」

問うと、白恵は短く息を吸いこんで飛びあがった。

目が合うと、苦しげな顔をして訊いた。

「どうしてわかったの？　そういうのも視えるんだ？」

「単なる勘だ。怖がってたかと思えば、急に人数にこだわって様子を訊いただろ」

あとは、白恵の半生を加味した推測である。

「うん。堕《お》ろしたんだ、――三回」

認めた白恵は、遠くを見つめて続けた。

「十三と十五と、二十一の時。ほんとは、最後の子は産みたかったんだけど、あたし馬鹿《ばか》だし、小卒同然の中卒だし。孕《はら》まされた相手には逃げられてて、キャバとかもやってみたけど。ノルマきつくてダメで。そんな底辺に生まれるよりはマシかなって」

そこで言葉を切った白恵は、自嘲《じちょう》する。

「だからもしかして、あたし死んだからあの子たちが来たのかなって。ムシよすぎ」

「そうだな。あんたの子どもは、もう行ってる」

意識を伸ばしてみたが、白恵の子どもの気配は感じられなかった。

「光の向こうにってこと？　成仏してるの？」

「あるいは、生まれられなかったことすら知らずに消えたか」

「――だよね」

白恵が下唇を噛んだ。

「なんだったんだろうね、あたしって。親にいっぱい傷つけられて、周りの子や男にも傷つけられて。子ども三人も殺して、最後には自分も殺されて」

最後の記憶は、ひたすらに押し寄せてくる寒さ。

「もっと、親に大事にされたかったな。友だちと遊びたかった。おじさんたちの気持ち悪いあれにつきあわなくても、お腹《なか》いっぱい食べたかった」

ぽろぽろと白恵が涙をこぼす。

「学校、高校くらい出て、テキトーに就職して結婚して。アパートとかで家族と暮らしたかった。ダンナと、子どもと、あたしと」

贅沢《ぜいたく》なんて望んでいない。普通でいい。

ありきたりの、どこにでもある、ささやかなしあわせがほしかった。

白恵の気持ちが冬にはわかる。それはきっと、冬も「はぐれた者」だからだ。

「やり直せよ」

冬は言った。

「向こうに行ってリセットすればいい。今度は、親に愛されて、友だちがたくさんで、結婚して子ども産んで」

「そん時って、あたし、笑ってるかなぁ」

「怒ってたりしてな。子どもがいたずらして」

気恥ずかしくてごまかすと、「そっか」とつぶやいた白恵が号泣した。

「うわあああ、冬、冬、冬――!」

白恵はなにげない日常を思い描いたのだ。今世では手にできなかったものを。


冬にしがみついて泣いた白恵は、やがて顔を上げた。

「じゃ、行く」

涙の跡を残したまま、無理矢理笑って冬から離れる。

「やっぱり、一緒に行かない……よね?」

不安そうに訊いた。

「誰かに頼った結果がこれじゃないのか?」

冬は思い出させる。

「それに、一緒に行ったたって、やり直しは手伝えない。たとえ、同じ親のもとに生まれても」

「あたし、できないんじゃないかなぁ？」

白恵が声を震わせた。裁定を待つように冬を見る。

できない、と言ったら白恵はどうするのだろう。つながれた犬のようにおとなしく、こちらにとどまるのか。他者を羨《うらや》みながらさまよい続けるのか。

黙っていると、白恵が遠慮がちに訊いた。

「できなかったら、冬のところにまた戻ってきてもいい？」

「殺されて震えてるところを、正気づかせろってのか？」

「うん」

「縁があればな」

そう応じた。馬鹿な人生を歩むな、と諭《さと》すのは柄じゃない。そんな立場にもない。

「そしたら、またお好み焼きわけてくれる？」

「今度は、葱《ねぎ》くらい入れておく」

その程度にはなっていたい。そう思えた自分に驚く。

白恵が部屋の一点を見つめる。以前、光の話をした時と同じ場所を。

歩きだそうとした白恵に、冬は訊いた。

「仕事を頼んでもいいか？　一緒に、そいつらを連れていってやってくれ」

「赤ちゃん？」

目を丸くした白恵が、ゆっくりとうなずく。

「だね。わけもわからずここにいるなら、みんなあっちに行ってもいいよね。この子たちにも、やり直す権利あるよね？」

「ああ」

「やってみる。呼ぶね。おいで」

白恵が幾度か繰り返すと、泣き声が大きくなった。

声の位置が移動する。ロフトから、床へ。白恵のほうへ。

ひとつ、ふたつ、みっつ。泣き声が次々と消える。

「行ったよ」

告げた白恵が敬礼する。涙をこらえたかと思うと、踵《きびす》を返して駆けた。

冬はその背が光に包まれるのを見た。

「もえ」

冬は呼んだ。

声は白い息となって、つかのま立ちのぼった。


その週の金曜日、冬は事務所に呼び出された。

今後のことを決めたい。そういう名目だった。以前のアパートの大家のように、いつまでも居座らせるつもりはないらしい。

指定された時刻は昼の十二時だった。室内では、花純も三田川もそれぞれのデスクで弁当を広げている。

食うや食わずの生活をしている者を前に、いい根性をしている。恨みを持ちかけた冬に、三田川が包みを渡した。

「うちの奥さんの力作です」

奥さん？　チンアナゴに？

衝撃は大きかった。三田川が家庭を築いているなんて。

「いや、俺は弁当はいい。もらう謂れがないし」

「あんまり食べないでいると、身体に悪いわよ」

花純の言葉に、くすっと三田川が笑う。おままごとのような花純の弁当箱に、ちらりと目をやった三田川が言った。

「先日の支度金、どうせ手をつけてないんでしょう？　ちょっとここいらで栄養つけてください よ」

押しつけられた弁当は、ずしりと重たかった。そのボリュームに腹の虫が負けて、冬は三田川の真向かいのデスクを借りる。

「それから、こちらは桜沢さんに」

三田川が、小ぶりな弁当を出してきた。驚いた冬に花純が言う。

「先日のお礼も兼ねてるの」

「もえ――彼女は、もういない」

咳《せき》払いした冬が言うと、花純は大きく目を見開く。

「行ったんだ。光の向こう側に」

「成仏ですか？」

訊ねた三田川に、冬は応じた。

「そういう言葉を使うなら」

「どうして？」

「あんた、ほんと知りたがりだな」

つい厭味を言ってから、冬は答える。

「死を自覚して、やり直すことを決めたんだ」

「人生を？　そんなことができるの？　誰でも？」

「訊かれても、俺には答えられない。死者がどうなるのかなんて知らないから」

「宗教によっては、転生もありえませんからねぇ」

三田川がのんびりとした感想を述べる。

「とにかく、あの部屋にもえはいないことは確かだから」

「じゃあ、これは届かないかしら」

花純が弁当包みを見つめた。

「開けてみたらどうです？」

冬が促すと、三田川が包みを解《ほど》いた。二人してしばらく覗きこんでいたが、変化はないようだ。

冬はもはや待ちきれなくなり、弁当箱を開いた。スペースの七割に肉巻きおにぎりがみっちりと詰まっている。彩りに枝豆と型抜きをしたニンジン。添え物として、飴玉《あめだま》のようなチーズが数個。

なんだか、中高時代の弁当を思い出した。

「うちの中坊が好きなんですよ、このメニュー」

インスタントの味噌汁《みそしる》を作りに行った三田川に、冬は目を剝《む》いた。子持ちだとは。しかもすでに中学生ということは、平均的な年齢に結婚したわけである。

三田川の印象と生活の「普通さ」がマッチしない。花純に雇われている事実ともマッチしない。花純も事務所も「普通」とは言いがたい。

花純は美しいが、どこかいびつだ。

「瀬山さん、前にあの部屋のことを訊いたでしょう?」

肉巻きおにぎりにかぶりついた冬に、花純が言う。

「人一人送りこんでおいて、あの部屋のことはよく知らないとか言ったあれだよな」

「そう、あれ」と花純は屈託《くったく》がない。

「あのあとで、三田川さんに教えてもらったの。瀬山さんが聞いた泣き声は、二十年近く前の事件のものだと思うわ。当時の入居者の女性が、衣装ケースに嬰児《えいじ》の遺体を隠していたんですって」

「その衣装ケースが置いてあったのって、ロフト?」

さすがですね、と応じた三田川が話を引き取った。

「発見された遺体は数体。どれもその女性の子どもで、二十代の頃から十数年にわたって

『産み捨て』ていたそうです」

　女性は発覚を恐れて転居を繰り返していたが、急な入院で家を空けている間に通報され、足がついたのだという。

「新聞の切り抜き、読みますか？」

　勧められたが、冬は辞退した。弁当をかきこむのが優先だ。

　ふと、都合五人分の弁当を作らされた三田川の妻に思いを馳《は》せた。

「奥さん、迷惑だったんじゃないのか？」

「お弁当のこと？　ビジネスよ」

　花純が澄まして答えた。ビジネスという言葉を、印籠《いんろう》のように使う女である。

「そう、それでね。今後のこと」

　冬の気持ちなど微塵《みじん》も知らず、花純が話し始めた。

「瀬山さんには、このままあそこに住んでいてほしいの。月給は二十万で、報告は週二回」

「ごふっ？　月給？　週二回って、だからもうあそこには誰も――」

　噎《む》せた冬に、三田川が説明する。

「今回の件については、本日お支払いします。その上であらためて社員契約をというわけでして。その月給が二十万円、出社日が週二日ということになります」

「つまり、俺を継続して飼うわけか。で、またべつの死者を視ろと?」

「話が早くて助かります」

花純も三田川も、気分を害した様子もない。

「あんたが欠片を拾い集める手伝いをしろと?」

花純は表情を崩さない。

「なんなんだよ欠片って?」

冬はつっこんでみた。その時、三田川が声を上げた。

「羽塔さん、見てください!」

白恵に手向《たむ》けた弁当が変化していた。硬く冷たく、色褪《あ》せている。

「届いたのね」

信じられないという思いで花純がつぶやく。

そして、瞑目《めいもく》して言った。

「Rest In Peace」

レスト・イン・ピース。——安らかに。

冬は胸を衝《つ》かれた。このひとは、と花純を見る。

死者を見下しているのではないのかもしれない。本当にただ探しているのかもしれない。

理由もアプローチも、理解の範疇《はんちゅう》を超えているけれど。

冬は花純に目を凝らす。それを察したように、花純がにっこりした。

「そういえば瀬山さん。ひとつ聞きたいことがあったの。もえさんのこと」

「あいつのことは、よく知らないから」

いつかの意趣返しをしてみたが、通じなかった。

「もえさんの名前って『白い恵み』と書いて『もえ』と読ませるでしょう？　あれって、なぜなのかしら」

「知るか」

なんでそんな細かいことに興味を持つんだ。

「あ、それ。わたし多分わかります」

三田川が手を挙げたので、彼の説を拝聴する。

「ええとですね。『白』は漢字の『百』に一本足りません。で、百は『もも』とも読む。ならば、百に一つ足らない白はなんて読むでしょう？」

「『もも』引く一文字で『も』？　ああ！」

花純がぽんと手を叩いた。謎が解けてすっきりした顔である。

白いふわふわとした尾びれが冬の脳裏にちらつく。

自分がどんな魚を花純から連想したのかが、はっきりわからない。イメージを摑まえられないのだ。すり抜けてしまう。

初めてと言っていい経験だった。

チンアナゴには迷いもしなかったのに、と三田川を見る。三田川は得意げに笑っている。

たぶん俺は、と冬は枝豆を嚙みしめた。

たぶん俺は、人生の網《あみ》にすくい上げられて、わけのわからない水槽に放りこまれたのだ

——と。

第２話　Kashi Bukken Room Hopper

あぐみ荘1A室

年季の入った玄関ドアを開けると、部屋にはブルーシートが敷き詰められていた。

驚いた冬《ふゆ》は目を凝《こ》らす。すると、敷き詰められたブルーシートに重なるように、古びたリノリウム張りの床が浮かびあがってきた。

どうやら、この床のほうが現実であるらしい。つまりブルーシートは、この部屋が見せている過去の記憶なのだ。

それならきっと、この歌声も幻なのだろう。もの悲しい、女性の声。

「あんたは、なにか気になったりするか？」

冬は同行の三田川《みたがわ》に訊《き》いた。興味深げに室内を見回していた三田川が、期待をこめて振り返る。

「そういう訊き方をするということは、今回も視《み》えているわけですね」

「ブルーシート」

冬は床を示して説明した。

「びっちり敷き詰めて、びっちりテープで留めてある」

狭い玄関の正面はトイレで、左手に三畳ほどの台所がついている。その奥に和室が続いているが、すべてがブルーシートが敷き詰められていた。

その作業は、入念で几帳面《きちょうめん》だ。

「あっちは風呂？」

冬の指さしたドアを三田川が開けに行く。染みだらけの浴槽《よくそう》がちらりと見えた。

「――風呂場も全部敷いてあるんだな」

「敷いてあった、ですけれどね」

言い直した三田川が、答え合わせをした。

「この部屋で、入居者の方が自殺されたんです。身の回りの始末もつけ、あとでかける迷惑も最小限にしようとしたがためのブルーシートらしいですよ」

「実際、最小限になったわけ？」

「なった、と大家さんは考えてます。少なくとも、部屋はほとんど汚れずに済んだので。まあ、こちらが事故物件になるのは避けられませんでしたがね」

本当に周囲のことを考えるのなら、借家で命を絶つべきじゃないだろうと冬は思った。

声に出さなかったのは、そこに死者がいたからだ。

「で、どうですか？　ブルーシート以外のものも視えてます？」

三田川の問いに、うずくまっていた死者が身を縮めた。

存在を消したいと願っているのが伝わってくる。

「俺、今日からここが自宅になるわけ？」

考えるための時間稼ぎに冬は訊いた。

前回はそうだった。家賃を滞納しまくったアパートから連れ出されたかと思うと、刺殺された女性が浮かばれないままに残る部屋をあてがわれたのだ。

あれから二月半経《た》ったいまも、冬はそこに住んでいる。

住み始めた当時と違うのは、職を得たことだ。

冬は現在、人材派遣会社を謳《うた》うスナシの社員である。

「こちらに死者がいる場合は、そうなりますねぇ」

「仕事の内容としては、前回と一緒？」

「はい」

冬の雇い主である羽塔花純《うとうかすみ》は、死者の「死んだ瞬間」に執着《しゅうちゃく》している。そのため、死者を視ることのできる冬はその力を買われたのである。

「あの人がここを気にする理由は、亡くなった方の気遣いのせいなのか？」

訊《たず》ねたが、答えはもうわかっているようなものだった。部屋にブルーシートを敷き詰めてから命を絶つという行為が、花純の興味を惹《ひ》いたのだ。

なにを考え、どんなふうに死んだのか、と。

「羽塔さんはきまぐれですから」

そうはぐらかされたことで、冬の答えは決まった。

「ここには誰もいない」

視界の隅《すみ》で、死者がはっと顔を上げたのがわかった。信じられないという表情である。

だってあんた、隠れてんだろ？　と冬は心で死者に語りかけた。肩をすぼめて、気配を殺して、せいいっぱい空気になろうとしているじゃないか。

花純から納得のいく理由を開示してもらっているのならまだしもだ。それもないのだから、見逃したくもなる。

「うーん」

三田川が頭を掻《か》いた。なにに困っているのだと冬が訝《いぶか》った時、玄関が開いて、作業着の男たちが次々と段ボール箱を運び入れてきた。

「引っ越し？　っていうか、これ俺の荷物！」

見覚えのある折りたたみ座卓に冬は目を剝《む》いた。

「あんたら、また勝手に俺の部屋に踏みこんだのかよ！」

「べつに瀬山《せやま》さんが立ち会わなくても、必要なものは見繕《みつくろ》ってますから安心してください」

「そういう問題じゃないだろ？　だいたい、ここに死者はいないって――」

「ねえ。当てが外れましたよね」

相槌《あいづち》を打ちつつ、三田川は男たちを止める気配もない。

「荷物、戻せよ！」

作業員たちを指さしたが、三田川はのらりくらりとかわす。

「いやぁ」

「金がかかるって言いたいのか？　そんなの知るか」

つべこべ言わずに、先走った花純に出させればいいのだ。

「お金の問題じゃありませんよ。――面倒じゃないですか」

なにが？　誰が？

そうこうしているうちに、男たちは慣れた様子で荷解《にほど》きをしてゆく。冬の万年床をはじめとする、見慣れた部屋がたちまち再現された。

作業が済むと、男たちは潮が引くように去っていった。

呆然《ぼうぜん》と見送った冬は確信する。前回の引っ越し屋も、絶対にあいつらだ。

「というわけで瀬山さん。鍵、こちらに置いておきますね」

三田川は、玄関横のシンクの縁に銀色の鍵を載せた。慌《あわ》てて追おうとする冬を笑顔で押しとどめて靴を履く。

「それではまた金曜日に、事務所で会いましょう」

建て付けの悪い玄関ドアが、悲鳴じみた音を出しながら閉まる。

あとには、冬と死者が残された。


「すみません」

静まった室内で、先に口を開いたのは死者だった。

というよりも、さっきの様子を見る限り、死者が話しかけてくるとは予想外だ。

「すみません。あの、……視えてらっしゃいますよね」

遠慮がちな声に、気づかぬふうを装っていた冬は視線を向ける。

部屋の隅から呼びかけているのは、眼鏡をかけた女性だ。三十代半ばだろうか。肩までの髪を後ろで一つにまとめ、シンプルな部屋着を身につけている。

黒髪、黒フレームの眼鏡、薄いグレーのカットソー、グレーのスウェットパンツ。無彩色の中で、首筋に残る紐《ひも》の痕《あと》だけが不吉に赤い。

その赤色さえなければ、背景にとけこんでじっとしているタイプの魚だ、と連想が働く。

「視えてるよ」

冬が応じると、死者はいたたまれない表情で頭を下げた。

「こちらに住まなくちゃならなくなったのって、わたしがここにいるせいですよね。すみません、すぐ出て行きますから」

　いまにも立ち上がりそうなそぶりに、冬は訊いた。

「行く当て、あるの？」

「ありません。でも、迷惑をかけるわけにはいきませんから……」

「べつに迷惑でもないが」

　冬はそこで言葉を切り、死者の気持ちが軽くなりそうな言葉を探す。

「仕事なんだ」

「そうでした。こういう部屋って、ほかの方に貸す前に、事情のわかっている方が住まなくちゃなんですよね？」

　彼女は心理的瑕疵《かし》物件について、聞いた覚えがあるらしい。

「俺は、そういうのじゃない」

　冬の言葉に、死者は先を促《うなが》すようにうなずいた。けれどまさか「あんたの死んだ瞬間を知りたい」とは言えず、冬は口ごもる。

「あのう。わたし、徳竹《とくたけ》こうこと言います。香りの子と書いて、香子《こうこ》」

「俺は瀬山。瀬山冬」

名乗り合い、会釈《えしゃく》する。その流れに、冬は生者を相手にしているように錯覚する。

「冷静なんだな」

冬はその点に感心していた。香子からは自死を選んだ者にありがちな絶望も怒りも感じないのだ。むろん、嘆《なげ》いて取り乱しているわけでもない。

「わたしがですか」

驚いたように訊き返した香子は、謙遜《けんそん》のしぐさをした。

「わたしなんかより、瀬山さんのほうが。だってわたしって、幽霊ですよね？」

「ああ」

「どんなふうに視えているんですか？」

冬は視えたままの服装を描写した。

「死んだ時の服になるんですね……。スーツ着ておけばよかったかな」

香子の声に滲《にじ》む後悔を聞いて、冬は言った。

「その気があるなら、いまからでも変えられる」

「そうなんですか？　でも、いまはやめておきます。上手《うま》くできそうにないし」

上手くできる必要はないと冬は思った。が、指摘するような関係ではない。

会話が途切れると、香子が困ったような微笑《ほほえ》みを向けてきた。

「あんた、さっき必死で隠れようとしてただろう？　なのに、どうして声をかけてきた？」

香子は、冬の言葉を苦情と受け取ったようで首を縮める。

「すみません」

「謝らなくていい。知りたいのは心変わりの理由だ」

「それは。死んだ女が居着いているとわかったら、ご迷惑がかかるんじゃないかって――」

「なのに、俺だけになったら話しかけてきたのは？」

「わたしがいるのに気がつかれたみたいでしたから。ひとことお詫《わ》びしたほうがいいかなと」

「なんで詫び？　礼じゃなくて」

「え？」

「察して、気づかないフリしてやったろう？」

「そうですけど、でも、すみませんでした」

香子は頭を下げた。

香子は気遣いができて遠慮深い。人付き合いにおいて、これは美徳だ。

「それで、あのう。わたしは、これからどうすればいいでしょうか」

「どうって？　俺が同居することになるが、それはこらえてくれとしか」

「じゃあ、わたし、このままここにいてもいいんですか」

「好きにすればいい」

応じた冬は、いささか冷たすぎるかと言葉を足した。

「俺のほうは、べつにあんたがいてもかまわないから」

「本当に？　ご迷惑じゃないんですか？」

「たぶんね」

あのかまってもらいたがりだった白恵《もえ》との同居を経験した冬である。

「そう、ですか――」

歯切れ悪く応じた香子が、意を決したように畳《たたみ》に手をついた。

「すみません。ご迷惑をおかけしないよう頑張りますから、よろしくお願いします」

「こちらこそ」

会釈を返すと、香子がほっとしたように息をついた。「あのう。このあとって、予定はありますか？」

「ないけど、なんで？」

「いえ。というか、できるだけお邪魔にならないようにしておこうかと」

「風呂に入ってる時にいきなりドアを開けて驚かすとか、寝てるのに覆い被さってくるとかをしないなら、特に気にならない」

　どちらも以前、白恵にやられたことだ。

「そうしたら、わたし、ここで座っていますね」

　香子はその場で膝《ひざ》を抱え直す。目が合うと、控えめに微笑まれた。

　手持ちぶさたになった冬は食事を作ろうと決めた。

　メニューはお決まりのミルクもやしだ。今夜はそこに、百グラム五十八円の鶏《とり》胸肉の塩焼きがつく。

　胸肉は、スナシの社員になって以来、ささやかな贅沢《ぜいたく》品として食卓に時々上がるようになっている。

　小鍋《こなべ》を手にした冬は、ガスコンロを見て戸惑った。点火するためのつまみがない。ひねれそうなものといえば、本体とホースをつなぐ部位につけられた元栓のみだ。

「火をつけるなら、マッチかなにかが必要ですよ」

　冬の困惑を察した香子がささやいた。

　マッチ。

「バーベキューの時なんかにつかう、着火《ちゃっか》のあれでも大丈夫だと思います」

　あいにく、冬にはどちらの用意もない。

この部屋にも――と室内に視線を走らせたが、ないだろう。先ほどここの玄関を開けた時点で、室内はすべてきれいに片付けられていたのだから。

かといってこれから買いに行くのも面倒で、冬は小鍋をしまった。

香子が冬の選択をハラハラして見守っている。口を出しかねているようだ。

再現されたばかりの万年床に寝そべってスマホゲームを始めると、香子が言った。

「わたしが、代わりに買いに行ければいいんですよね」

なんで？

「いや。必要なら自分で行くから」

「でも」

食事を諦《あきら》めたのは火をつけられないからでしょう？　とでも言いたげな顔だ。

「節約生活長いし、一食くらい、食わなくてもどうにでもなる」

やりとりを打ち切るためにやや強く答えると、香子は泣き出しそうな顔でうつむいた。

だってあんた死者じゃん。買い物なんてできないだろ？

そう言おうとして、やめた。堂々巡りになるのが見えている。

だから人と関わるのは嫌なのだ。――面倒くさい。

冬は心のシャッターを下ろして財布を摑《つか》んだ。

「あの、どこに行くんですか」

か細い声に追われ、無性に苛立《いらだ》ちが膨らんだ。

「コンビニ。マッチ買ってきて、飯作る」


とんだ誤算だった。

香子との生活が、これほど窮屈《きゅうくつ》だとは思ってもみなかった。

冬が初め、同居を不安に思わなかったのは、香子が控えめで気遣いのできる人だと感じたからだ。生活をかき回されることもないだろうと思ったのである。

だが、蓋《ふた》を開けると違っていた。香子は気を遣いすぎる。先回りしようとしすぎるのだ。

たとえば朝、冬が目覚めると香子は姿を消している。どこにいるのかと思うと、風呂場だ。どうやら、寝るのに自分の存在が邪魔になるのではと考えているらしかった。

そして冬が起き出して用足しを済ませるのを見計らって、姿を見せる。

香子は食事の支度を興味深そうに眺めはするが、ほしがるそぶりはない。むしろ栄養面を心配している様子である。

もちろん、白恵のようにわけっこにはしゃぐこともない。

室内での定位置は、西側の隅だ。なにをするでもなく座っており、けれど視線だけは常に冬を追っている。

冬の要求に応《こた》えるために。

「そんなに気張らないでくれ」

とうとう音《ね》を上げた冬は頼んだ。三日目の朝のことである。

「気張るって、わたしがですか？」

香子がきょとんとし、それから両手を振って否定した。

「そんなことないですよ。ぜんぜん。気張ってなんかないです。当然のことですから」

「あんたの言う当然って、なに？　俺のトイレの音を聞かないように、部屋を移動したりすること？」

「駄目ですか？」

悲しそうに訊かれると、意気が挫《くじ》かれる。

「駄目っていうか、あんたが聞きたくないから移動してるならいいが――」

「いえ。わたしは大丈夫です。ぜんぜん気になりません」

「俺も気にならない」

断言すると、香子はあやふやな表情になった。

「そうなんですか。でも、わたしがいることでお邪魔になったら悪いですから」

「用を足しているところを見学するんでもなければ、邪魔じゃない」

「――――」

香子は眉尻を下げた表情のまま黙りこむ。そんなに難しい話だろうか。

「やっぱり、ご迷惑になってるんですね」

「無茶苦茶な三段論法だな、おい」

香子のつぶやきに、冬は思わずつっこんだ。気張らないでくれ→邪魔じゃないから→つまり迷惑なんですねという論理の流れは、冬の理解を超えている。

「だって」

だってなんだ、と詰め寄りたくなるがこらえた。冬が悪い。香子のような忖度《そんたく》タイプへのアプローチが間違っているのである。

「ごちゃごちゃ言ってないで、あんたはいいからそこにいろ」

「は、はい」

定位置を示すと、香子は冬の予想どおり飛びあがって返事をする。

ことを収めた途端、もよおした冬は中座した。トイレですっきりして戻ってくると、香子がいない。

どういうことだと目を剝いていると、風呂場のドアが開いた。出てきた香子が、申し訳なさそうな顔で頭を下げる。

「すみません。でも、やっぱりご迷惑になるのは避けたいので……」

疲れがどっと冬にのしかかった。


金曜日は、冬の出勤日である。

外出がこれほど待ち遠しかったのも、久しぶりだ。待ち遠しすぎて、冬はラッシュのすぐあとの時間帯に電車に乗ってしまった。スナシ到着は午前九時半で、デスクについていた三田川が目を丸くする。

「どうしたんですか、こんな時間に」

週に二日出勤する契約の冬が、事務所に顔を出すのはたいてい昼ごろだ。特に報告のない時期など、支給される弁当を食べに来ているだけ、といっても過言ではない。

雇い主である羽塔花純は、大きなボス机を前に今日もちんまりと座っていた。

似たような白いふわふわとした素材のワンピースを着て、相変わらず人形めいている。

そのくせ、誰かの死に興味を惹かれた時だけ感情のスイッチが入るのだ。

冬にはそこが理解できない。そして理解できないからこそ、反発を覚える。

「特に報告はない」

目が合った花純を冬は反射的に牽制《けんせい》し、しまった、と内心ほぞを噛《か》む。喧嘩腰《けんかごし》になってどうする。できるだけ迅速《じんそく》かつ穏便に、あの部屋から離れたいのに。

「いい加減、さっさと引っ越し屋をよこしてくれ。俺があそこに住む意味がどこにある」

「死者はいないのだから、という意味かしら？　それはそうね。すぐにでも、次の仕事が入るといいわよね」

あっけらかんと花純に言われ、冬は唖然《あぜん》とした。

「それ、つまりあんたのお眼鏡に適《かな》う別の死者が現れない限り、俺はあそこで暮らすってことか？」

「だって、住居を移す理由がないでしょう？」

「死者がいる確証もないうちに、俺の荷物を運んだのはそっちだろう！」

「勇《いさ》み足は認めます。でも」

「でもはやめろ」

かみつくような反応を見せた冬に、花純が不思議そうに首を傾《かし》げた。

「ひとつ訊きたいのだけれど、もしかして、瀬山さんはあのアパートを出たいのかしら？」

「もしかしなくてもそうだ。さっきから、そういう趣旨《しゅし》で話している」

花純の察しの悪さは、毎度ながらもどかしい。

「そういうことなら。以前にわたしも言ったわ、暇な金持ちは悪趣味になるしかないの」

伝家の宝刀にも匹敵する言葉が出た。

「つまり、引っ越しは却下って意味ですよ？」

チンアナゴに念を押されずとも、意は汲《く》めている！

カッカとして三田川をにらむと、看破《かんぱ》された。

「なるほど。じつは死者がいるんですね」

「ああそうだよ。いるよ。いるいる！」

やけになって認めると、花純の表情が生き生きと動いた。

「ブルーシートを準備してから亡くなった方？」

「ええ。首に紐の痕のついたね。相性が悪くて、もう息が詰まりそうなんだよ」

「首吊《つ》りだけに」と三田川が不謹慎な発言をする。

「とにかく。彼女の言葉を集めたいなら、その仕事は通いでさせてくれないか」

香子から逃れたい一心で、冬はそう条件を出した。

「どうして同居じゃ駄目なのかしら」

「一分《いちぶ》の隙《すき》もなく監視され続けたら、あんたはどう感じる?」

想像力の欠片《かけら》もなさそうな花純からは、ぼんやりした笑顔が返ってきた。

「普通は」と冬はわざとらしく前置きしてから言った。

「窮屈でうんざりするものなんだ」

「監視っていうのは、死者が瀬山さんをですか? テリトリーを侵《おか》されたと怒っているとか?」

助け船のような三田川の問いに、冬は疲れたように首を振った。

「そっちならまだ無視できる。そうじゃなくて、気遣いの結果なんだ」

あらましを話して聞かせると、三田川がうなずいた。

「相手に嫌われまいと必死になる気持ちって、なんとなくわかります」

「俺もわかるけれど、それが自分に向けられるのは苦痛なんだよ」

こちらの行動まで縛られる。

「瀬山さん。またひとつ訊いてもいいかしら? 白恵さんのアパートの時のようにするのは無理なの?」

白恵のアパート?

冬が目を丸くすると、花純に代わって三田川が補足した。

「あすこのアパート、嬰児《えいじ》の霊もいたじゃないですか。その泣き声は、チャンネルを切り替えるみたいにして感覚から締め出してたんですよね？」

「あの時はね」

衣装ケースの中から発見されたという嬰児たちには、自我と呼べるほどのものはなかった。あの泣き声は言ってみれば道路工事の音のような騒音で、シャットアウトしやすかったのだ。

「今回は俺の体質的に、気配まで感じないようにはできないと思う」

「じゃあ、死者が気を遣って動けば察してしまうわけですか。だとすると、意味がなさそうですね」

「だったら、方法はたった一つだと思うの。瀬山さんは、瀬山さんのお仕事を完遂する」

こともなげな花純が癪《しゃく》に障って、冬は毒を吐いた。

「首を吊った時、なにを考えてどう感じたかを教えてくれ——ってノンデリカシーで訊くんだよな」

「ええ、そう」

「自殺した相手にか？」

冬は口調に非難を籠《こ》めた。

自《みず》ら命を絶つ。そこに至るまでの絶望や苦しみをなぜ想像できない？

「自殺で亡くなった方だから、知りたいの」

強調されて、冬はカッとなって言った。

「死者の思いは、死者だけのものだ。その傷を曝《あば》いてまで、あんたが集めたい欠片ってのは、なんなんだ？」

冬の険のある眼差《まなざ》しに、花純は微笑む。

こんな時、花純はいつも微笑むのだ。

腹が立って、冬は言い募った。

「自分で訊いてみろよ」

「それは、わたしの仕事じゃないもの。瀬山さんの仕事よ」

「そうだな、俺も仕事をする。あんたの通訳という形でね。うちに来い。あんたのその口で訊いてみろ」

「瀬山さん」

三田川が声をうわずらせて止める。

冬は三田川をにらみつけた。まだ暴言というほどの言葉は吐いていない。

「三田川さん、いいの」

制した花純が席を立った。

「お願いね、瀬山さん。また来週」

言い置いて、花純は椅子の後ろにあるドアの向こうに消える。

「まだ話は終わっていない」

カッとした冬は、ボス机を回りこもうとしてたたらを踏んだ。

ボス机の両サイドは固められていた。正面から見る分にはさりげなさすぎてわからなかったが、壁とサイドデスクとがくっつけられており、まるでコックピットである。

「どうやってこれ、外に出るんだ」

そりゃあ机を乗り越えれば出られはするのだが、冬は呆《あき》れてから気づく。

そういえば、花純がデスクのこちら側に出ているのを見たことがない。

三田川の不在時も、デスクに置かれたリモコンで施錠《せじょう》を解除しただけだ。あの時、花純は三田川がいないから茶を淹《い》れられないと言っていたが、あれは、たんに家事が不得手だという意味ではなかったのか――。

冬は三田川に説明を求めた。三田川はしばらくごまかそうとしていたが、やがて口止めのしぐさをしてから言った。

「オフレコですよ？　そう、出られないんですよ羽塔さん。ボス机より先には」

羽塔花純は独りで暮らしている。

ボス机の後ろのドアは、花純のプライベートゾーンにつながっているという。二十四時間完全空調の部屋に、調えられた家具。買い物はすべて通販、家事は外注。奥にはきちんとした水回りも完備されているため、困ることはないらしい。

「出られないって、ずっと？」

「わかりませんが、ここに移ってきたのは五～六年前だったはずです」

三田川が知り合ったのも、その頃だそうだ。

「ご両親は？」

冬が訊ねると、三田川はかすかに首を振った。

「もう、だいぶ前に」

天涯《てんがい》孤独なのか。

冬はひとりぽつんと暮らす花純とその部屋を思い、「アクアリウム」とつぶやいた。

「なんです？」

「あの人の暮らし方のイメージ。静かな、完成された空間で泳いでるような」

花純は、冬の連想癖とは関係なく、本当に魚だったのだ。

花純に見る、あの白いふわふわの尾びれは熱帯魚のそれなのである。

三田川が同意した。

「ああ。言い得て妙ですね」

「だからあの人は浮き世離れしているのか……。あんたは、さしずめ番犬てとこ？」

少しばかり挑発したが、三田川は乗らなかった。

「いやぁ、どっちかというと餌《えさ》係ですかね」

スナシでは、昼食に弁当が出る。対価を得て三田川の妻が作っているそれは、冬だけでなく、花純にも配られているのだ。

花純に対しては、毎昼食であるらしい。

「その喩《たと》えでいくなら、瀬山さんはそうですね。なんていうんでしたっけ、あの、水の中で泡の出るブクブクですよ」

「エアレーション？」

「そうそう、それ。じゃなければ、水温を上げる棒とか」

ヒーターを指しているようだ。

どちらも、水槽の維持管理に不可欠である。ただ死者を視ているだけの冬をそういったものに喩える意味は一つだ。

冬が理解したことを飲みこんだ三田川が、にやっとした。

「そういうわけですから、瀬山さん。お仕事、お願いしますよ」


帰途についた冬は憂鬱《ゆううつ》だった。

支給の弁当を公園で食し、公共施設をハシゴして時間を潰《つぶ》したあとである。時刻はそろそろ九時。とっぷりと夜だ。

朝、部屋を出て十二時間近くになる。

そろそろ無料で居座れる場所のなくなる時間だが、まだ帰りたくなかった。

香子の痛々しいほどの気遣いを、目《ま》の当たりにしたくないのだ。

そして訊ねたくない。香子がなにを感じながら死んでいったかなど。

答えを聞けば、冬は必ずその死を追体験することになるからだ。痛みも苦しみも、場合によってはちぎれてゆく精神も。

これまでにも、奈落《ならく》に堕《お》ちてゆくような恐怖を幾度も味わっている。いまだ昇華《しょうか》しきれず、悪夢として見る死もある。

だけどそれが、いま冬の仕事なのだ。

因果《いんが》だな、と思わずにいられない。死者を視るからと避けられた冬が、死者を視る能力を買われて職を得ている。

だがその道は、成り行きだったとはいえ、自分で選んだのだ。

観念した冬はあぐみ荘に戻り、部屋の鍵を開けた。建て付けの悪いドアを軋《きし》ませていると、隣の1B室から声がかかった。

「幽霊、出ンだろ」

声をかけてきたのは男性で、外廊下に面した台所の窓が開いている。

汚れのこびりついた網戸《あみど》越しに、ひげ面《づら》で下着姿の老人が見えた。

奥の和室では万年床と、テレビと積まれたゴミが蛍光灯《けいこうとう》に照らされている。

「眼鏡の、首吊ったねぇちゃん。まだウロウロしてンの？　もうどっか行ったの？」

答えを待つ間、老人はヤキトリの缶詰を開けた。指を箸《はし》代わりにつまみを口に放りこみ、缶酎《ちゅう》ハイで飲み下す。

「さあ」

素っ気なく答えた冬は1A室に入った。初対面の相手に視えることを明かすと、ロクなことにならないからだ。

灯《あか》りをつけ、リュックから出した弁当箱をシンクに置く。弁当箱は三田川の私物である。次の出勤日である月曜日に、洗って返す約束だ。

まあ、まだ三日先だし。

後回しにすると決めて、和室にリュックを投げ出した。腹は空《す》いていたが、まずくつろぎたい。目的もなしにぶらつくのも、あんがい疲れるものなのである。

冬は万年床に寝そべり、スマホを充電器につないだ。

これで、心置きなくゲームに勤《いそ》しめる。

ゲーム内の水槽を充実させ、庭を整備した。慣れ親しんだＢＧＭを耳に、ひたすら画面をフリックする。

ふっとそのことに気づいたのは、どのくらいしてからだろうか。静けさに違和感を覚えた冬は顔を上げた。

香子。

帰宅後、彼女の気配をまったく感じていない。

花純に言ったとおり、冬の体質上、存在を完全にシャットアウトするのは不可能だ。なのに、ここには香子の気配がない。

定位置である和室の西側の隅に目をやったが、無人だった。冬はスマホを置いて立ち上がる。トイレ、そして風呂とドアを開けてみたが、どちらにもいない。

「香子さん」

呼びかけてみたが返事もなかった。つまり、出て行ったのだ。

まあそうか、と諦めにも似た気持ちが湧く。この数日、冬は素っ気ない態度を取り続けていたし、香子は香子で、頑《かたく》なに自分ルールで動いていた。

合わなかったのだから仕方がない。それでも香子の居場所を奪ってしまったことについては、罪悪感を覚えた。

出て行ってください。そう言ってくれればよかったのに。

自分を正当化するようなことを思い、反省する。きっと、香子の性格では言い出せない。もっと言えば、冬を追いだす気持ちなんて微塵《みじん》もなかっただろう。

香子はそういう思考をするタイプではない。つねに、退《ひ》くのも折れるのも香子なのだ。

俺に金があれば出て行ったのに。いや、事務所に強引に寝泊まりする手があったか。

冬は顔をしかめた。いまさら閃《ひらめ》いたところで遅いのだ。

いやになる。自分はいつもこうだ。その場をうまく捌《さば》けないくせに、あとからなにかを思いつく。

ため息を一つ吐いた冬は、のろのろと万年床に戻ってゲームを再開した。わずらわされるもののない、静かな空間。

なのに、なぜか気が散る。冬は自分が腹立たしかった。

ガシャン
その音が響いた時、冬は耳元でシンバルを鳴らされたように感じて飛び起きた。

混乱したまま、音の正体を探る。驚いてシンバルだと思ったが、冷静に考えると多重音だった。小さなものがたくさんぶつかったような——ぶつけたような。

玄関の外で、今度は小さくカシャンと音がした。缶だ、と冬は聞き取る。

積まれていたアルミ缶が崩れ落ちたような音。

冬は玄関まで這《は》っていき、台所の窓から外の様子を窺《うかが》った。

誰もいないようである。

防犯よりも確かめたい気持ちのほうが勝《まさ》り、冬はドアを開けてみた。途端にアルミ缶がドアに押しのけられ、にぎやかに外廊下を転がった。

サンダルを突っかけた冬は表に出てみた。1A室の前に、酎ハイの缶が散乱している。

銘柄には見覚えがあった。隣の1B室で、同じものが山と積まれていた。

じいさんが、空き缶を一抱え投げつけてきた？

状況からすると、そんな推測になる。嫌がらせだろうか。昨夜、初めて言葉をかわした際の素っ気なさが気に障ったとか。

1B室からは灯りが漏れていた。開いたままの窓から覗くと、老人はテレビの前にいるらしい。

「自分で散らかしたものは、自己責任で片付けてください」

声をかけたが無視だ。

べつにいいけど、と冬は自室に引っこんだ。次の出勤日までこのままだったとしても、気にならない性格である。

万年床で布団にくるまり、再度眠りにつこうとしていると、1B室のドアが軋んで第二投が放たれた。

なにがなんでも冬に片付けさせたいという意思を感じ、冬はむっつりと起きあがった。全面闘争するほどの気力はない。折れたからと屈辱《くつじょく》を感じるほどプライドもない。

ただただ、他人との関わりが面倒くさい。

すべての空き缶を拾い集めて、アパートのゴミ集積所に持っていく。

敷地を囲うブロック塀の外側に回ると、打ちつけられたプラスチックの案内板があり、ペットボトル回収用のネットがぶら下がっている。

眠気を噛み殺しながら歩いていた冬は、ふと目を凝らした。回収用ネットの傍《かたわ》らに死者がうずくまっている。

香子。

彼女だと認識した瞬間、腹の中に怒りがこみあげた。

同時に、老人の嫌がらせの意図も理解した。彼は視えるのだ。そして香子に気づいたからこそ、冬を迎えに行かせたのである。

香子は冬の顔を見るなり、半泣きの表情で立ち上がった。

「すみません。すみません。ここ、すぐに離れますから……」

「俺、邪魔だとも出て行けとも言ったことないけど」

苛立ったきつい口調に、香子は眉尻を下げて何度もうなずいた。

「はい、それは言われてません。でも、やっぱり邪魔かなって思ったら、あそこにはわたし、いないほうがいいんじゃないかって」

「そうやって独りで結論づけたくせに、だったらなんで遠くに行かない？」

「すみません。でもわたし、行くところがなくて。どこにもなくて」

「だからせめて部屋の見える場所に？　それとも、自分はゴミみたいな者だからっていうアピール？　どっち？」

「……どっちでもありません」

「それやられたら、相手がどう思うかって考えられないのか？　出て行くなら、中途半端にじゃなく、完全に消えたらいいだろう？」

「すみません」

消え入りそうな声で詫びた香子が涙を浮かべた。

「いなくなることも考えたんです。でも」

「でもはもういい。だってもいらない。そうやって逃げ続けた結果がいまのあんたじゃないのか？」

言ってしまった。苦い感情が口の中に広がったが、止められなかった。

香子は顔をこわばらせて、目を見開いている。

「あんたさ、気配りのできる人だよな。つねに相手を立てて、優しいよ。そう評価されてきたんだろ？　もちろん、自分でもそう思ってる」

「――まるで、間違ってるみたいな仰《おつしや》り方するんですね」

香子の声は震えていたが、弱くはなかった。納得できないと、目が怒りに燃えている。

「俺は、あんたを頑固なわからず屋だと思ってる」

「わたしは」

反論を冬は遮《さえぎ》った。こうなったら言わせてもらう。

「だってあんた、『でも』と『だって』を繰り返して、好き勝手してるだろう？　俺は気を遣わないでくれって言った。頼まれると逆に遠慮するのかと命令してもみた。けど、あんたは全然変わらない。トイレの音を聞かないつもりで移動。着替えを見ないつもりで移動」

「つもりじゃありません！　ほんとうに――」

「迷惑になると思ったから？　なんで？　俺の言葉は、どうしたら届く？」

香子が目を逸《そ》らして唇を噛んだ。

「あんたが、自分のやりたいことをやるのはいい。だからって他人を巻きこむな。他人はあんたのための書き割りじゃないんだ」

「そんなこと……思ってません」

「言動の乖離《かいり》に無自覚なんだから、そりゃそうだろう」

「あなたは、ひどい人です」

香子がキッと冬をにらんだ。

「なんとでも言ってくれていい。とにかく、俺はもううんざりだから。相手の気持ちを優先してる『つもり』の、あんたの行動に振り回されるのは」

「――」

「俺の生活音を聞くのは『あんた』が気恥ずかしいというのなら、話し合う用意はある。『あんた』が嫌なのだというなら、これまでどおり席を外してくれ。俺が聞きたいのは、『あんた』の気持ちだ」

冬がどう思うかという憶測はいらない。

香子は冬の言葉に唇をわななかせた。激しいショックを起こしている。

「わたしは。わたしは本当に、あなたのご迷惑になりたくなくて」

両手をきつく握り合わせて香子は言った。

「わかった。だったら、消えてくれ」

カシャンとその場に空き缶入りのレジ袋を置いて、冬は踵《きびす》を返した。

背後で、悲鳴のような香子の泣き声が上がった。

「待ってください。待って。待って、待って！」

振り向くと、香子は頽《くずお》れかけていた。発作のような荒い息づかいでむせび泣く。

「行かないでください。置いていかないで。すみません、ごめんなさい。どうかお願いします――」

「迷惑になりたくないんだろ?」

「なりたくないです。でも、だけど」

涙を噴きこぼした香子が叫んだ。

「あそこはわたしの部屋なんです!」

香子の心からの叫びに、冬は手を差しのべた。


1B室の前を通ると、テレビと灯りがわざとらしく消えていた。開けっ放しの窓のすぐ下に、潜んでいる気配がある。

「視えてるよ」

ひとこと、厭味《いやみ》代わりに言い置いた冬は1A室のドアを開けた。

香子はなにも言わずについてきていた。吸い寄せられるように定位置につく。

我が身を抱くようにしてうつむいている香子は、心をさらけ出して放心しているように見えた。

冬は香子の前に水道水入りのカップを置いた。この家に、ミネラルウォーターなんて洒落《しやれ》ていて高価《たか》いものはない。カップも傷だらけのプラスチック製である。

「お水、……どうすれば」

「普通は飲むもんだよ」

戸惑い顔の香子は、結局カップには手をつけなかった。

幾度かカップと冬を見比べてから、話し始める。

「この部屋、古くて不便ですよね。でもわたし、ここが好きでした」

「あんたが、大事に丁寧にここを使っていたのはわかるよ」

「そういうのも視えるんですか」

驚いた香子に、冬は曖昧《あいまい》なしぐさで返した。

「なんとなく感じるだけで、厳密には視えてるわけじゃない。たぶん、木にも石にも、人の念はしみこみやすいからだろう」

「死ぬ時に部屋にブルーシートを敷き詰めたのは、それが嫌だったからって言ったら笑いますか？」

「いや」

身構えていた香子がほっとしたように、表情をゆるめて続けた。

「もし痛かったり苦しかったりして、そういう気持ちが体液と一緒にしみ出して残るのが嫌だったんです。なにも残したくなかったから。わたしの足跡みたいなものは」

「できれば身体《からだ》も、だろう？」

冬が訊ねると、香子は泣き笑いの顔になった。

「スイッチがあればいいのにって思ってました。パチンとオフにしたら、パッと消えちゃうの。そこでおしまい。ジ・エンド」

「わかるよ」

冬もかつて、同じように願ったことがないと言ったら嘘《うそ》になる。

だが、いささか感情をこめすぎたようだ。香子が苦笑した。

「わかるんですね。だからって、死んじゃ駄目ですよ」

「あんたが言うか」

「すみません。わたしだから――です」

自死した者だからと香子は言う。悲しげでありながらいたずらっぽく笑ったのは、きっと冬にシンパシーを感じたからだ。

そう、シンパシー。相手を憐《あわ》れむ意味での「共感」である。

ふと冬の耳に、またあの歌声が聴こえてきた。この部屋を初めて訪れた時に聴こえていた、幻のそれだ。

歌い手は女性で、英語の歌詞のようである。せつせつと訴えかける声が心を揺さぶり、冬はしばし耳を澄《す》ませる。

「ひとつ訊いてもいいか？　俺にはいま、あんた由来だろうと思う歌が聴こえているんだ」

「歌……？」

「女性の声で英語で、ミュージカル？」

最後は当てずっぽうだったが、間違いではなかったらしい。合点した香子が数小節分を口ずさむ。

「そう、それだと思う」

「わたしが、この世で最期《さいご》に聴いた曲です。レ・ミゼラブルの『夢やぶれて』」

「また自虐《じぎゃく》的な選曲を」

これから死を選ぼうとする場面で、いかにも追い打ちをかけるような曲名ではないか。

これを花純に報告したらどうなるだろうと考え、冬は苦い顔をした。

「どうかしましたか？」

「いや、あんたとは無関係──でもないか」

言いかけた冬は思い直した。香子を騙《だま》すような真似《まね》はしたくない。

「以前、俺がここに住むのは仕事だと言ったと思う」

「はい、覚えています」

「その仕事の内容は、香子さん、あんたが亡くなった時にどんな気持ちだったかを聞くことなんだ」

香子は目を丸くしたが、訊ね返す声は冷静だった。

「知りたがっているのは、あの一緒に来たスーツの方ですか？」

「あれは一応、同僚。ボスは別だ。うちのボスはなにかを探していて、それを見つけるためには死者の声を必要としているらしい」

「らしいって言うのは……？」

「詳細はいつもごまかされるから、聞けていない」

花純に対する腹立ちをため息にしてから、冬は続けた。

「そういううちのボスに、あんたが最期に取った行動を話したら食いつくだろうと思って腹が立ったんだ」

「すみません」

香子が急いで頭を下げた。

「なんであんたが謝る？」

「違うんです。そうじゃなくて、わたしのことを考えてくださったからあんな顔をしたんだって、嬉《うれ》しかったから」

そこまで言って、香子は別の言葉を選び直した。

「ありがとう」

「礼なんていい」

気恥ずかしさから、冬はぶっきらぼうに応じる。そんな冬をおかしそうに眺めてから、香子が言った。

「わたしの経験がお役に立つというなら、お話ししてもかまいません。なにを考えながら死んだのかとか、身体の変化とか、そういうのでいいんですよね?」

「なんだか、えらい簡単に言うんだな」

てきぱき承諾されると、こちらのほうが気後《きおく》れする。

「簡単じゃないです。でも、この流れなら言えるかなって」

ふと早口になった香子が、覚悟を決めるように息を吸いこんだ。

「交換条件をださせてください」

香子は必死で、涙目で、小さく震えていた。

きっと、こんなふうに持ちかけるのは初めてなのだ。

「俺か、うちのボスかスーツのチンアナゴにできることであれば」

「すみません。あなたで。瀬山さんがいいです」

じゃあ俺で、と冬がうなずくと、香子は目を伏せてひといきに言い切る。

「デートを。デートしてください」

予想外の交換条件に、冬は慌てた。死者と？　いやそれは可能だが、俺と？

「こんなのでいいの？」

自分を指して確認した。痩《や》せぎすで冴《さ》えない身なりの冬だ。ついでに、コミュニケーション系の能力も低い。

「大丈夫です。水族館に行きたいんです。ずっと憧れていたから——」

「魚に？」

冬の問いはトンチンカンだったらしく、にらまれた。

「デートにです」

香子の声が、彼女の過去のイメージを引き寄せた。

どの時代の香子を視ても、その集団の隅でひっそりとしている。そんな香子に男たちは気づいていないようだった。次々と別の女性とカップルになり、結婚してゆく。

初デートだなんて、重責すぎる。冬に務まるとは思えない。むしろ見かけは少々アレでも、そつのないチンアナゴのほうがよい思い出になるような気がするのだが——。

だが香子は、はっきりと冬を指名している。

内心の動揺を冬はせいいっぱい取り繕った。ここは腹を括《くく》るしかないだろう。

花純のせいでな！

八つ当たり気味に思いを馳《は》せ、冬は承諾した。

「よろしく」

翌日、土曜日の水族館は混んでいた。

どこもかしこも、カップル、子連れ、グループがひしめいている。

そんな施設内で、冬は浮きぎみだった。一応は彼もカップルなのだが、特殊すぎて傍目《はため》には「おひとりさま」である。

「すみません。こんなご迷惑をおかけするつもりじゃなくて」

周囲から時折向けられる好奇の目に、香子が恐縮していた。

「べつに。俺は、おひとりさまに抵抗ないから」

「でも。そうやって喋《しゃべ》っていると、まるで独り言みたいで」

たしかに、ぎょっとして離れる者もいる。

「気にするな。視えてるやつには視えている」

その一方で、不思議そうに足を止める者もいる。不自然な冬の手つきに目を凝らし、手をつないでいるのだと知って微笑む者もいる。

ある若い男は、笑顔で冬に親指を立ててみせた。

「閉園まではあんたの時間だからどう使ってもかまわないが、これっきりだぞ？」

念を押すと、香子は背筋を伸ばして雑念を振り払う。

こんな日だというのに、香子の服装は相変わらずの部屋着だ。もっとも、冬の服装も褒められたものではない。着古したミリタリーコートにすり切れかけたジーンズなんて、休日の夜、近所のコンビニに出向くような恰好《かっこう》である。

「見たいものがあったら、そこへ回ろう」

提案すると、香子は声をはずませた。

「マグロの回遊です。ここができた時、デートでそれを見に来るのが流行《はや》ったんですよ」

「オープン当時って、幼稚園くらいだろ？」

ざっくりした記憶では、オープンは三十年近く前だったはずだ。

「ちなみに、いくつでしたか？」

「俺はまだ生まれてないよ」

香子が目を丸くした。つまり冬は老《ふ》けて見えているわけだ。

くすっと香子が笑い、自身を指さした。

「わたしは高校生」

暗算した冬は目を剝いた。四十代半ば？

どうかすると、冬の母親でもおかしくない年齢だ。

「見えない――」

「ね。見えないわよね」

同意は自慢げではなく、むしろ悲しげだった。努力の結果ではないという思いがあるらしい。

「ずっと隅っこにいて、ずっと譲ってきたからかなぁ、って。争わないから傷つかないし、いやな思いも少なくて、でもきっとそのぶん、深みもないの」

口調が急にくだけたのは、歳《とし》の差のせいらしい。香子は香子で、冬のことを十歳ほど高い年齢で見積もっていたのかもしれなかった。

花純はいくつなのだろう。水槽の中を漂いのぼるクラゲに触発されて、冬は考えた。生活の深みはゼロである。

実は三十過ぎだとか。もしかすると香子と似たり寄ったりの年齢だとか。

まあ、どうでも。

冬は花純の姿を脳裏から追いだした。色鮮やかな南洋の魚たちが花火のように泳ぎ散る中、貫禄《かんろく》あるナポレオンフィッシュが、ゆったりとその身を反転させる。

マグロたちは銀の砲弾のようだった。

巨大な水槽の中を、右へ左へと泳ぎ抜ける。スピードがあるので、どれか一匹に焦点を当てて追うのは難しい。

「向こうで座って眺めたほうが見やすいのかも」

水槽のガラスに張りついた香子が、マグロに目を釘《くぎ》付けにしたまま言った。回遊水槽の前には、階段状の座席が設けられている。

「でも、ここで見たいの。これがしたかったんだから」

ふと周囲に目をやれば、カップルが数組、寄り添いあっている。

むろん、香子の傍らにも冬がいる。

「こういうことがしたいなら、生きているうちにしておけよ」

「生きている間は、したいことの優先度が違ったから」

冬の毒舌《どくぜつ》を、香子は軽くあしらった。譲るのと折れるのが最優先で、憧れなんて後回しといったところだろうか。

「それに、勇気の持ち合わせもなかった。いま思えば、色々と怖かったのね」

「だからいつも、譲ったり折れたりしてきたのか？」

「まとめるとそうなるのでしょうね。昔から、争うことが嫌いなの。それくらいなら譲ったり折れたりするほうが、わたしにはずっと楽だったのよ。集団の隅っこで、波乱もなく、特にいじめられもせず、なんとなく属してニコニコしているのが安心できたの」

マグロを目で追っていた香子が、ふっと自嘲《じちょう》の表情を見せた。

「だけど本当はわたし、もうとっくに、自分の性格に疲れていたのね」

譲ることに。折れることに。誰の邪魔にもならず、迷惑もかけぬよう注意を払い続けることに。

「会社を辞めた理由は、それじゃないのか？」

香子はある日、長く勤めていた会社を衝動的に辞め、それまで住んでいたアパートも引き払って、わずかな持ち物だけを抱えてあぐみ荘に移っている。

「違うの。情けないことに、無自覚。あなたに昨日、わたしは『でも』と『だって』を繰り返して、好き勝手してるだけだって言われなかったら、いまも気づいてなかったかもしれない」

だったら、と冬は訊きそうになる。

だったら、自ら命を絶ったのも無自覚だったのか——と。

香子は冬の無言の問いに答えるようにうなずいた。

「じつはね。死んだ時のこと、よく覚えていなくて。あの部屋で自由に楽しく暮らしていたはずなのに、なんだか急に『ああもういいか』っていう気持ちになって」

香子はホームセンターへ行き、ブルーシートや養生テープを購入した。淡々《たんたん》と作業をした記憶がある。

ＢＧＭは『夢やぶれて』だ。数十回のリピートで準備を終え、延長コードを手に、そのまま浴室に籠もった。

「だからなにを思いながら死んだかっていうと、なにも思っていなくて。真っ白。次に気づいた時は、身体を警察の人が囲んでいて、運び出されて、死んだんだってわかったの」

「あんたが冷静なのは、だからなのか」

「かもしれない。いまだに実感がないって言ってもいいのかな。存在があやふやなの」

そう話し終えた香子が振り向いて、不安そうに眉根を寄せた。

「こんな答えで、役に立ちます？」

「もちろん」

冬は断言した、立たないなどと花純には言わせない。

「よかった」

ほっとしたように表情をゆるめた香子は、再びマグロたちの姿を追い始める。


閉館まで回遊水槽の前で過ごした冬たちは、最後の客と一緒に施設を出た。

辺りはもうすっかり暗く、海沿いの冷たい風が吹きつける。

「このあとのことなんだけれど」

駅へ向かって歩きだそうとしていた冬は止まった。

半袖《はんそで》で寒そうに見える香子が、遠慮がちな表情で見ている。

「わたし、行きたいところがあって。行ってきてもいいですか？」

一人でという意味だ。

「どうぞ」

冬は応じた。もとより止める理由もない。

「ありがとうございます。あの」

ためらうような間を置いてから、香子は言った。

「いってきます」

「いってらっしゃい」

ぺこんとお辞儀をした香子が、そのまま姿を消す。

こういう時、死者は便利でいい。

冬は北風に首を縮めて歩きだした。駅で切符を買い、滑《すべ》りこんできた電車に乗る。

近隣に人気の遊戯《ゆうぎ》施設があるせいか、意外に混んでいる。

リュックを腹側に抱えもしないサラリーマンと、部活道具を抱えた高校生の荷物とに挟まれながら揺られ、二度ほど乗り換えて最寄り駅に着いた。

最寄り駅からあぐみ荘までは、徒歩二十五分ほどである。

あぐみ荘の１Ｂ室からは、今夜も灯りとテレビの音が漏れていた。老人はテレビの前で、バラエティ番組に馬鹿《ばか》笑いをしている。

こちらには視線を投げることすらしない。連れ立って出かけるところを見張っており、冬が一人で帰ったにも拘《かか》わらずである。

もっとも、香子がいないからと激高されても困るのだが。

部屋に入った冬は、いつもの夕食を済ませた。使った食器を脇に押しやったあとは、万年床に腹ばいになる。

お決まりのゲームを始めようとして、ふいに思い出した。

「あ」

別れ際、香子はグレーの部屋着ではなかった。半袖の、薄いクリーム色のカットソーに、カーキ色っぽいフレアスカートを合わせていた気がする。

おそらく無意識にだろう。心境の変化に、魂が応えたのである。

そうか、と冬はどこか寂しい気持ちを感じながらゲームアプリを起動させた。

もしかしたら、香子は帰らないかもしれない。


冬の予感は的中した。

その晩も翌日もその翌日も、香子は戻らなかった。

今朝も出がけに裏のゴミ集積所に目を凝らしてみたが、たまたまふらついていた別の死者に気づかれただけに終わる。

「おい、おまえ視えてるよな？　視えてンだろ？」

饐《す》えたにおいの息を吹きかけてくる死者を振り切り、冬は出勤した。

金曜日である。明日で、香子が消えて一週間だ。

だから今日を区切りにしよう、と冬は決めていた。香子の話を報告する。

つまり、花純に死者の言葉の欠片を渡すのである。

十二時少し前に、冬はスナシに着いた。インターホンに手を伸ばそうとして、鼻をひくつかせる。

なんだ、このほのぼのとしたにおいは？

正体は、室内に入ってすぐに知れた。

三田川が、デスクに卓上コンロを置いてなにやら煮込んでいる。

「今日のお昼は、おでんですって」

定位置についている花純が教えてきた。三田川が後を引き取る。

「嫁が知り合いからたくさんもらってきたんですよ。なので、そのお裾《すそ》分けです」

「あっそう」

冬は簡単に応じた。この職場で昼食におでんを囲むことの是非《ぜひ》を問うても意味はない。

なので、くたびれたリュックを椅子《いす》に放り出してから訊いた。

「羽塔さん。報告はメシの前？　後？」

「亡くなった方の言葉を聞いたの？」

花純がボス机から身を乗り出した。

この表情を見るたびに、なにがあんたのスイッチを入れるんだ、と冬は問いたくなる。あまりの生々しさに、目を背けたくなる。目の当たりにするこちらのほうが、苦しくなる。

「瀬山さん、聞かせて。いますぐ」

花純の要望を汲んで、三田川が卓上コンロの火を弱めた。

冬はボス机の正面に立つ。

「心して聞けよ」

「はい」

「彼女の名前は徳竹香子だ。自分の話で役に立つなら、と話してくれたんだ――」

居住まいを正した花純に、冬は話した。香子の争いごとの苦手な性格、譲り続けるほうが楽だったと信じて生きてきたこと。けれどいつしかそれは形だけになっていたこと。ある日それまでの暮らしを放棄して、あぐみ荘に移ったこと。

しばらく気ままに過ごしたが、ふと死を決意し、準備したこと。

細かく描写してみせながら、冬にはその場面が視えていた。繰り返される歌声が耳の奥でこだまする。

「彼女があの部屋を汚したくなかった理由は二つある。一つは、後始末でできるだけ迷惑をかけたくなかったから。もう一つは、自分の好きだった場所に自分の負の感情を遺《のこ》したくなかったからだ」

花純が目を瞠《みは》った。けれどそれは一瞬で、すぐにきゅっと口を結んでうなずく。

「それから、亡くなった時のことだが、なにも思っていなかったそうだ。真っ白で、次に気づいた時には死んでいた、と」

花純は張り詰めた表情で聞いていた。言葉の一つ一つを心に刻みつけるような間を置いたあとで、そう――、と漏らす。

生身の、腹の深いところから出た声だと冬は感じた。

「ありがとう、瀬山さん」

「役に立ったのか」

花純はうなずいた。両手を強く握り合わせる。

「お礼を、香子さんに伝えてください」

「自分で言えばいい」

「瀬山さん」

咎《とが》める三田川を冬は制した。花純がスナシから出られないのは踏まえている。

「そうじゃなくて、相手は死者なんだ。ここから言ったって届くさ」

「誰にでも？」

花純の表情が不安そうに揺れた。

「まあ、双方の相性はあるだろうが、大事なのは気持ちじゃないのか?」

「そうね。わかりました。――香子さん、聞かせてくださってありがとう」

宙に向けて手を合わせた花純は、祈るようにそのまま目を閉じた。

祈っているのかもしれない。レスト・イン・ピース。

安らかに――と。


北風が、台所のガラス窓を叩いている。

その夜、冬はスマホで『夢やぶれて』を聴いていた。冬にとって音楽を聴くのは珍しいことだが、ここ数日は、それが習慣になっている。

『夢やぶれて』は劇中で女性が絶望の中で歌う曲である。

すっかり覚えてしまった歌詞を、頭の中で諳《そら》んじた。孤児院育ちのファンティーヌ。私生児を産んだと世間から誹《そし》られ、恋人にも逃げられ、子どもを養育するために美しい髪も歯も売り、娼婦《しょうふ》にまで身を落としてゆく――。

ふと気がつくと、目の前に香子が立っていた。

冬は音楽を止めようとして、制される。

「お願い、そのままで」

「もう帰らないかと思っていたよ」

冬が座卓にスマホを置くと、香子は困ったように微笑んで否定する。

「いってきますって言ったでしょう?」

「だったら、ずいぶん長い無断外泊だな」

「道に迷っていたの。ここに帰りたくても帰れなくて途方に暮れていた時に、遠くからこの曲が聞こえてきて、もっとよく聴こうと思って辿《たど》ってきたら冬くんがいたのよ」

ほっとしたように息をついた香子が涙ぐむ。

「戻ってこれてよかった。ありがとう」

「ありがとうと言えば、うちのボスに話したよ。礼を言っていたんだが」

「香子さん、聞かせてくださってありがとうっていう、あれかしら?」

「届いていたか」

「聞こえたけれど、あれ、小さな女の子じゃなかったのね」

香子が意外そうな顔をした。

「うちのボスは小柄だが、さすがに小さいっていう年齢じゃない」

「そうなのね」

香子は定位置に座った。服装は部屋着に戻ってしまっている。

「——行きたい場所に、行けなかったのか？」

「行けたわ」

香子が寂しげに答える。

「家族がどうしているかと思って、見てきたの。父は盆栽《ぼんさい》を朝から晩までいじくってた。母は忙しそうに家事をしていて」

「もうあんたのことなんて思い出しもしない？」

そう訊ねると、香子は途端に涙を浮かべた。

「わたしの位牌《いはい》を見てね、泣くの。急に仏壇の前に、ぺたんって座りこんで」

「そりゃ泣くだろう」

「姉の家にも行ったの。結婚してて、子どもも大きいんだけど。玄関に家族の写真がたくさん飾ってあって、その中に、わたしもいたの。笑ってる……成人式の時のかな、あれ」

冬は、香子の見たその場面を追体験した。

香子の姉が、部活の練習試合に向かう子どもを玄関で急《せ》かしている。子どもに乗車するよう言い、自身も追いながら、写真立ての前に置かれていたキーを取り上げ、一瞬、悲しげな眼差しを妹の写真に投げて出かけてゆく。

エンジンをかけながら、香子の姉は目の縁に涙を滲ませていた。子どもに話しかけられた姉は笑顔を作って応じ、車を発進させる。

香子はそれを呆然と見送っていた。ショックを受けていたと言ってもいい。

「自分が死んでも、家族はそんなに悲しまないと思っていたのか」

「というよりも、考えてなかったんだって突きつけられた。わたしはずっと、わたし自身のことで手一杯だったのね」

どうすれば、他人に不快感を与えずにいられるか。どう振る舞えば、自分が他人の迷惑にならないか。

そんなことばかりを気にかけていたからだ。

「家族の様子を見て、初めて馬鹿なことをしたって後悔したの。その途端、いままで見えていた景色が消えて、真っ暗になってしまった」

「それで迷ったのか」

香子はうなだれたままうなずいた。

「たぶん、いままでで一番怖かった。これが自分で死んだってことなのかって。このままだったらどうしようって」

家族の名を呼び、叫び、手探りで動き回り、やがて走り出した香子が冬には視えた。どこまで行っても闇《やみ》。無明《むみょう》の闇。感じるのは、これまで無頓着《むとんちゃく》だった最期の身体の痛み。苦しい。苦しい。苦しい！

香子はのどを押さえて、闇の中に膝をつく。こうやって自分は死んだのだ、と。

こうやって、自分は命を消したのだ、と。

死んでから見た家族の泣き顔が、心を抉《えぐ》る。

のたうち回った香子は疲れ果て、やがて、その歌声に気づいた。

『夢やぶれて』

現世の最後に聴いた曲が、光の糸となって香子を誘う。

「いまのあんたには、俺は視えてるのか？」

「少し。スマホが明るいから」

香子が指さしたスマホからは、まだ『夢やぶれて』が聴こえている。

おそらく香子の世界では、冬のスマホがぼんぼりのように灯《とも》っているのだろう。そしてその灯りは、歌声を止めれば消えてしまう。

「ずっとこのまま、っていうのは無理だぞ」

機械だって消耗する。いくら格安スマホでも、修理や買い換えは赤貧《せきひん》の冬には痛手だ。

それになにより、ゲームがしたい。

「────」

香子が黙りこんだので、冬は話を変えた。

「そんなに、この曲が特別なのか」

「意外？」

冬は正直にうなずいた。香子の人生をファンティーヌのそれと重ねるのは難しい。香子は男に逃げられたことなどない。子どももいない。周囲に気兼ねしながら、ひっそりと生きてきたのである。

冬の思考を正しく読んだ香子が、少しばかり意地の悪い目つきをしてから答えた。

「ナイショ」

「誰かの迷惑になったりしたら困るからか？」

皮肉のつもりで言ったのだが、「そうよ」といなされてしまう。

「なにしてンだよォ」

外廊下から、１Ｂ室の老人の声が聞こえてきた。冬に難癖でもつけに来たのかと思ったが、どうもそうではないらしい。

「早くしろよ、ほら。寒《さ》みぃんだろ？　うちで一緒に飲めばいい」

遠慮している知人でも招き入れようとしているのだろうか。そう考えた冬は、ぴりっとした空気の変化に顔をしかめた。

「うわ、あいつか」

驚いた香子に、絡まれたことのある死者だと教えた。死者のあの饐えたようなにおいの息は、酒飲みのそれであったようだ、と合点する。

「お隣のおじいさん、視えるんですか」

「あんたのことも視えていたよ。出て行った日、迎えに行かせようといやがらせをされた」

「すみません」

癖が出て詫びた香子が、はっとしてから急に肩を落とす。

「ここで暮らすの、楽しかったのに。そこで踏みとどまればよかったのに」

あとからあとから湧くのは後悔だ。

「いまさら」と冬は厳しかった。

「やっちまったことは、仕方ないだろう。あんたに選べるのは、ここでずっと泣いているか、やり直す道に進むか、自分を呪《のろ》ってさまようかだ」

きつい言葉をぶつけられた香子がたじろぎ、どこかおもねるように訊いた。

「一番迷惑がかからないのって――」

「ここでずっと泣く以外」

「……さまようのはいいんだ」

香子は、冬がその選択も除外するだろうと思っていたらしい。

「べつに。俺が呪われるわけじゃなし。とばっちりを受ける者もいるだろうが、それは受けた者が受けてから考えることだからな」

「そんな」

「あんがい、やってみればいい。誰かに迷惑、かけてみろよ。世界が変わる」

けしかけると、香子は怒り顔になった。

「だったら、迷惑は冬くんにかけることにする」

「スマホ止めるぞ」

脅《おど》し返すと、香子がふいに怯《おび》えた表情を見せた。

「ごめん。やらないから」

言い過ぎだった。いまの香子にとって、スマホの光は命綱《いのちづな》のようなものだ。

香子はスマホを見つめたまま黙りこんだ。行く末を考えているのだろう。

「どうしたいか決まるまで、ここにいればいい。俺はそのうち、次の仕事のためにここを出て行くが――」

香子がハッと顔を上げる。光はどうなるのだろうとスマホと冬を見比べる。

ついていこうと瞬時に決めたのが、手に取るようにわかった。けれど香子はすぐに、その気持ちを諦めたように放り出す。

「俺に迷惑かけるんじゃなかったのか？」

わざとおどけて訊いたが、香子は真顔で否定した。

「そういう生き方は、わたしにはどうしても無理です。もう変えられない」

かといって、自分を知ってしまった以上、これまでのようにも暮らせない。

「人生ってほんと、なにがあるかわからない」

香子は溜まった澱《おり》を吐き出すような声になった。

「こんな歳になって、しかも死んだあとで自分と向き合うことになるなんて」

「悪かった」

冬は詫びた。冬が関わったせいだ。指摘したせいだ。

香子はかぶりを振る。冬のせいではないと言いたいようだ。けれどその半面、気持ちのぶつけどころもなくて混乱しているのだろう。

「きっつい――」

食いしばった歯の間から漏れた声に、冬はただ頭を下げるしかなかった。

「さまよおう、かな」

かなり長いこと経ってから、香子が言った。

「呪うのか？」

「呪いません。でも、やり直す道も、わたしにはないような気がするから」

背後を気にするようなしぐさに、冬は察した。

一説に、自死した者は成仏《じょうぶつ》できないという。その説を裏づけるようなにかが、香子にじわじわと迫っているのかもしれない。

いきなり歌声が消えた。座卓を見遣《みや》ると、バッテリー切れを起こしたスマホがシャットダウンするところだった。

同時に、辺りが闇に染まる。ぎょっとした冬はすぐに、これが香子の見ている世界なのだと気づく。

本気の闇だ。すべての音も、水の中で聞いているように遠い。

「ちょっと待って。スマホ、充電器につなぐから」

「いいんです。もう行きます」

「それだって灯りがいるだろう？　なにか、代わりのものを」

辺りを見回し、使えそうなものを見つけようと知恵を絞る。

「イメージで、あの歌を封じこめられないか？　カプセルみたいなものに入れて持っていけば――」

「ありがとう」

香子の声が笑いを含んだ。

「冬くんて、変なひと。冷たくて毒舌のくせに、根っこは優しいみたい」

「――――」

なんだか、知りたくなかった自分を鏡で無理矢理みせられたような気分になり、冬はうろたえた。

あのね、と香子が言った。それきり、しばらく間が空く。

「デートのわがままを聞いてくれてありがとう」

「礼はいらない。あれは正当な対価だ」

「冬くんにはそうでも、わたしには一世一代のわがままだったの。こんな歳までなにごともなくきちゃって、死ぬまでずうっと、真っ白なんだろうって思っていたから」

待て、デートしたのは死後だ。

「すごく嬉しくてドキドキした。オバサンなのに」

ちらりと自虐してみせて、香子は続ける。

「わがままついでに、もう一つだけ聞いてください。歌ってほしいの」

「『夢やぶれて』を？」

そうだと言う。冬はたじろいだ。カラオケすら未経験で、人前で歌声を披露したのなど、中学生時代の歌のテスト以来だ。

「お願い」

「笑うなよ？」

念を押しておいて、仕方なく歌った。アカペラだから、音が外れているのがよくわかる。英語だ。ところどころ、歌詞の怪しい箇所《かしょ》もある。

それでも懸命に曲を辿っていると、ふっとなにかが触れた。

唇にだ。驚いて身を退き、触れてきたのも唇だったと気づく。

「あんた、俺に歌わせて目印代わりに……！」

「ごめんなさい」

香子の声が悪びれもしないのが癪に障る。

「でも、これでもう一つの心残りも消えたから」

「こっちはわだかまりが残るよ！」

ふいうちで死者にキスされただなんて。――トラウマにでもなりそうだ。

そして、驚いたせいで冬の中の回路が切り替わったようである。視界に灯りが戻った。

立ち上がった香子が、悲しげな微笑みをみせて冬から離れた。

「行くんだな？」

「うん。最後に、素敵な思い出ができた」

香子の胸の辺りに、かすかな光が点《とも》っている。

それを見てしまうと、冬にはもう責められなくなる。

「わたし、死んだのよね。自分で、選んでしまった。こういうことになったのは、ひととぶつかって傷つくのが嫌で、逃げた結果なんだと思う」

冬が反論しかかると、香子は制して先を続けた。

「逃げるのが悪だって言いたいわけじゃなくて。それで平穏を得られる人もいるのだろうけれど、わたしは違うみたいなの。いまになって、後悔も未練もたっぷりできてしまった」

「それを消化しに行くのか？」

「消化なんてできるのかな。わからないけれど、わたしはいまから生きてみるつもり」

「あんた、死んでるんだぞ」

「そう、死んでるの。だけど生きるの。——やっちゃったから、取り返しもつかないから、このままでさまようの。納得するまで」

「あんたの言ってること、わかるようでわからない」

「うん、わたしもわからない」

おどけてみせた香子が、そのままお辞儀をした。

「いってきます」

「服、変えてから行けよ」

目を瞠った香子に、冬は指摘した。

「あんた、デートのあとではスカートになってただろ？　そういう気持ちになってたんだよ。なのに、ひとにキスしておいて、その恰好のまんまはないだろ」

くたびれた部屋着に、首には紐の痕。

自分を見下ろした香子が「でも」とつぶやく。けれど考えるそぶりを見せて、グレーのジャケットとベージュのフレアスカートに着替えた。

地味だ。——キスしたくせに。

胸に光まで点しているのに、と恨みがましい気持ちになったが、これで手を打とうと、冬は自分を納得させた。

「じゃあ、今度こそ」

香子は笑った。彼女としては、自分の成し遂げた「変身」が気に入っているらしい。

「お邪魔しました」と香子は消えた。

死者が去り、部屋の空気がガラリと変わる。

「Rest In Peace」

花純に倣《なら》って、そう送り出すべきだろうか。いや、今回はたぶん違う。

香子はまだ眠れない。これからしばらくの間は。

冬はスマホを充電器につないだ。起動させられるようになるだけの充電が溜まるのを待つ間、香子に思いを馳せる。

香子の首からは終始、紐の痕が消えることはなかった。あれは香子なりの戒《いまし》めなのかもしれない。意識してか無意識なのかはわからないけれど。

さまようと決めた香子が、この先辿る道は冬には想像もつかない。白恵のように光の向こうに進むのか、背後に忍び寄っていたなにかに連れ去られるのかも判断がつかない。

それでも時々、『夢やぶれて』を空へ向けて流してみようかと思う。

なにもしなかった香子。なにもしなかったからこその結末。誰も悪くない。なにも悪くない。そう思うと切なすぎる。香子のしあわせを願わずにはいられない。

香子の現在は、冬の未来であるかもしれない。冬は人生につまずいたまま起きあがれずに、二年を費やした身なのだ。

本当は、誰かに偉そうに説教なんてできる立場なんかじゃない。

1B室から、壁越しに笑い声が聞こえた。楽しそうである。そして隣室の死者の力が、こちらにまで干渉してこないのもありがたい。

人と人とにはどんな縁があり、どんなきっかけで出会うのだろう。1B室の老人は、死者となった香子とは直接関わらなかった。冬は酒好きの死者を振り切った。

けれど冬は香子とキスまでかわし、老人は酒好きの死者と酌《く》みかわしている。

不思議なものだ、と思う。

そもそも冬がスナシの関係者でなければ、あぐみ荘に住む彼らとの出会いもなかった。冬がひきこもりでなければ。失職していなければ。視ることができなければ。

視ると見るは違うのだ。いまさらながら、そんなことに気づいた。冬はいつも、水槽の底からオブジェの視点で世界を見ている。自身の立ち位置をそう感じている。

けれど『視る』というのは、もう少し能動的だった。たんに『視える』というのとも、また異なるのである。

エアレーション。三田川が冬を喩えた言葉が、じわじわと身にしみこんでいくようだった。ここでは冬は不可欠な存在になる。花純の暮らすアクアリウムでは。

いいんだろうか、と迷った。こんなふうに誰かと関わっていって、いいんだろうか。

『視る』というツールを使って、ジョブチェンジした先の想像がつかない。

これから、どうしていけばいいのか。

答えを出すのは先延ばしにして、冬はゆっくりとスマホを起動させた。

第3話　Kashi Bukken Room Hopper

よいももにやどの精霊

鞄《かばん》の中で、小さな紙箱が躍《おど》っている。

紙箱の中身は紅《あか》と白のおまんじゅう。

幼稚園のお教室で、先生が「食べていいよ」って言ったからお友だちは食べちゃった。

けど、わけっこしたくてがまんした。

おかあさん、喜んでくれるかな。「おいしいね」って、いっしょに笑ってくれるかな。

はやくはやくはやく、おうちに帰ろう。

だけど光が眩《まぶ》しすぎるよ。よく見えない。

おうち、どこ？

おかあさん？


胸の上に、金魚が一匹のっていた。

正しくは、金魚を連想させる女児が、だ。歳《とし》の頃は四、五歳。顔の周りにふわふわの髪をまとわりつかせ、下がり眉で途方に暮れているふうだ。

「ママ？」

女児の問いを、半ば覚醒《かくせい》した冬《ふゆ》は否定した。いや。

見ればわかるだろう、とつっこむのは酷《こく》な気がした。シチュエーションからすると、彼女はどうやら迷子である。

そして、どう見ても死んでいる。

さらに言えば、死んでいることに気づいてないらしい。

なんでこうなった？　と冬は自問した。ここは冬の住まい、あぐみ荘１Ａ室である。徳《とく》竹香子《たけこうこ》の最期《さいご》の言葉を聞くために移ってきて以来、三カ月ほど起居している。

その前の住居だった「めぞん市場《いちば》」のほうが新しくて快適だったが、冬の雇い主である人材派遣会社スナシのボスである羽塔花純《うとうかすみ》は、戻すつもりはないらしい。

冬はいわば、ジョブホッパーならぬルームホッパーなのだ。花純のレーダーにひっかかり、かつ興味を惹《ひ》いた部屋に派遣され、そこで死を迎えた者の死に様をレポートするのである。

花純のために。

その花純いわく、「引っ越しは、次の部屋が決まってからになるわ」だそうだ。むろん、その「次の部屋」には新たな死者が留まっているわけである。

言い換えれば、新案件が現れない限り、冬はここに住まざるを得ない。寒かろうとボロかろうと、隣室の老人が鬱陶《うっとう》しかろうとだ。

それはともかく。このあぐみ荘1A室の件はすでに解決している。死者、それも年端のいかない子どもが迷いこむ理由なんてないはずなのに。

——とりあえず、どうすりゃいいんだ？

まず胸の上からどいてもらうべきなのか、それとも名前を訊《き》くべきか。

女児は園児がよく着ているようなスモック姿だった。薄いイエロー地で、ポケットにうさぎのアップリケがついている。

「ママ？」

女児が不安そうにつぶやき、辺りを見回した。その様子からすると、彼女に冬は見えていないらしい。まあそうだ。見えていたら、寝ている男の上にしゃがんで「ママ」なんぞとは訊けないだろう。

声をかけたら驚かせてしまうだろうか。冬がためらっていると、女児は思い詰めた顔で立ち上がった。両手の拳《こぶし》を握ると、部屋のあちこちを歩き回り始める。

母親の姿を探しているらしいが、ひとことも発さない。張りつめた表情で黙々《もくもく》と歩く。

あっというまに、女児の姿は見えなくなった。ということは、これは偶然だったのだろう。母親を探し疲れた女児がたまたま座りこんだのが、冬の胸の上だったというわけだ。

やれやれ、と冬は寝返りを打った。朝から妙な目に遭ったが、無関係ならそれでいい。

スマホの画面を確認すると、午前十一時半だった。

なんの予定もない平日である。

とりあえずゲームでもするかとアイコンをタップした時、壁越しに隣人の声が聞こえた。

怒ったか驚いたかのような調子だ。

隣室の老人は「視《み》える」らしいので、女児を目にしたのだろう。そう思っていると、老人の怒鳴り声と女児の悲鳴が聞こえ、続いて女児が駆けこんできた。

真っ赤な顔をした女児は涙目だった。まっすぐに台所の隅《すみ》へ行くやいなや、壁を背にして身体《からだ》を丸める。

女児の見ている世界では、そこは物陰《ものかげ》か穴倉《あなぐら》なのだろう。ぶるぶる震えながら、表の様子を窺《うかが》うそぶりをする。

「ったく、どっから勝手に入ってきた？」

さっきよりも声が鮮明に聞こえた。玄関を開けた老人が、廊下を見回したのだろう。

酒やけした声に、女児が急いで耳を塞《ふさ》ぐ。

そうしている間にも、女児の頰《ほお》には涙が伝っていた。怒鳴られたのが、よほど怖かったのだろうか。

慰《なぐさ》めたかったが、冬だってそこそこ若いとはいえ、女児にとって見知らぬ男なのに変わりはない。さらに怯《おび》えさせるのもかわいそうだ。

ゲームを起動させた冬は、しばし様子を見ることに決めた。念のために、ボリュームを絞ってプレイする。

ちらちら見ていると、女児はひとしきりすすり泣くと、両の拳で涙を拭《ぬぐ》った。尻を落としてぺたんと座り、心細そうに辺りを見回す。

数メートル先の布団で、スマホゲームをしている男がいるとは思っていない顔だ。霧《きり》の中か暗闇《くらやみ》にでもいるような表情である。

ふと、女児が顔をゆがめた。両手で腹を押さえている。

腹痛？　いや、腹が減ったのか。

物欲しげな様子に、冬はそう判断した。供養《くよう》を兼ねてなにか出してやるのはやぶさかではないが、あいにくとこの家の冷蔵庫には、百グラム六十八円の鶏《とり》胸肉、牛乳、もやしの三品しかない。

しばし考えた冬は、布団を抜け出した。着古したコートを引っかけて、最寄りのコンビニに向かう。

子どもって、なにを食うんだ？

というよりも、あのくらいの年齢の女児が喜びそうなものはなんだろう？

商品棚を前に戸惑った。唐揚げ？　いや、パン？　総菜パンよりは、菓子パンか。

迷っているところに、子連れの女性が来店した。女性は三歳前後と思われる娘に菓子を選ばせ、購入する。

苺《いちご》味のチョコレート。なるほど。

冬はそのチョイスを参考にした。同じ物を買い求めると、あぐみ荘に戻る。

ドアをそっと開けると、女児はまだそこにいた。冬のたてる物音は聞こえているようで、近づいてくる足音に身をすくませる。

女児の少し手前で足を止めた冬は、チョコレートの箱を振って女児の注意を惹いた。

捨て猫に餌付《えづ》けしているような気分で、床にチョコレートの箱を滑《すべ》らせてやる。

「あっ」

突如現れた菓子に、女児が飛びついた。すばやく服の中に隠してから、よかったのだろうかと言うように周囲に目を配る。

誰も彼女に注意せず、取り上げられる心配がないと判断してようやく、女児はチョコレートをスモックの裾《すそ》から取り出した。

涙で汚れた顔が輝いている。それを見ただけでも、いいことをした気分だ。

ところが、その表情は次第に曇《くも》り始めた。女児は箱をいじくり回すばかりで一向に開けないのだ。

「開けられないのか？」

思いいたって訊《たず》ねると、女児はびくっと身を縮めた。チョコレートの箱を後ろ手にしかけたが、泣き出しそうな顔でその場に置く。

そうしておいて自身は膝《ひざ》を抱え、菓子からせいいっぱい遠ざかる。

チョコを拾ったことを咎《とが》められたと思ったのか、それとも、無理に取られる前にと諦《あきら》めて手放したのか。

冬は女児が不憫《ふびん》になった。「とらないよ」と声をかけてからチョコの箱の封を切り、小皿を持ってきて、中身をあけて戻してやる。

「いいんだ、食べな」

目の前にチョコの盛られた皿を置かれ、女児は警戒心いっぱいの表情になった。それでも誘惑には勝てなかったのか、恐る恐る手を伸ばしてチョコをつまむ。

女児に笑顔が戻った。ちょっとたれ目の、小動物を思わせる顔立ちがかわいらしい。

「あんた、名前は？」

女児の真向かいにしゃがみこんだ冬は訊いた。その途端笑顔が消え、表情に怯えが走る。

意思の疎通《そつう》は難しそうだな、と諦めた。自分の子ども時代を振り返っても、知らない大人と会話なんてかわせなかった。

冬はコートを脱いでねぐらへ帰った。途中で放りだし、タイムアウトになってしまったゲームをリトライする。

女児は再び、チョコを食べ始めていた。

「食ったら出てけよ」

その言葉がのどまで出かかったが、さすがに、子どもに向かってそれは言えなかった。


とんだ誤算だった。

突然の登場から三日。女児はすっかり冬の台所に居着いてしまっていた。

ここにいれば安全で、時々菓子も供えてもらえる、と学習したのである。

女児はあれほど怯えていたのが嘘《うそ》のように、冬の足音に動じなくなった。いまではむしろ、食べものを期待するそぶりさえ見られる。

まあいいが、よくない。

冬は現在、相反する思いに苛《さいな》まれていた。母親を探し疲れた女児が、しばしの安寧《あんねい》を得られたのはいいことだ。女児には冬が認知できないようであるため、香子のようにやたらな気遣いもしないし、白恵《もえ》のようにひっきりなしに喋《しゃべ》りかけてきたりもしない。

そういう意味では、冬の快適な生活も壊されてはいない。

だがその一方で、女児の視える冬はその存在を無視しなければならなかった。ハエトリグモが一匹、壁に止まっているのを黙認するようなものだ。白い壁にぽつんと止まった黒点を見ないフリをするためにはそれなりの意思を要するように、台所の隅に座りこんだ女児を視ないようにするのも、なかなかに骨が折れる。

すぐに出て行ってもらいたいのなら、かまうべきではなかったと冬は痛感していた。あるいは酷なように思えても、チョコを食べたら出て行けと通告するべきだったのである。

幾度も子どもの好みそうな菓子を見繕《みつくろ》うなんて、もってのほかだ。女児向けアニメのテーマ曲をスマホで流したのなど、愚《ぐ》の骨頂《こっちょう》だったといえよう。

もちろんどちらも喜んだのだが、喜ばせてはいけなかったのである。

——どうするかな。

気づけば、最近はそんなことばかり考えている。

というよりも、本来は考えることなどないのだ。相手は死者だ。共存が嫌なら追いだせばいい。ましてや相手は子どもである。

まず、菓子を与えるのをやめればいいのだ。ひもじさに耐えきれなくなれば出て行くだろう。もっと簡単な方法を採《と》るなら、隣の老人のように怒鳴りつければいい。得体の知れないモンスターのふりをして、驚かしたっていい。すぐに逃げ出すはずだ。

わかっているのに、冬は踏み切れなかった。そして、踏み切れないから堂々巡りになる。

金曜の朝も、目覚めた冬は女児に菓子を用意した。小袋入りのせんべいは、「おせんべい食べたい」という女児のつぶやきを拾って用意したものだ。

小皿にあけて持っていくと、女児の目が輝いた。姿を捉《とら》えられないなりに視線を宙にさまよわせて訊ねる。

「おじさんは神様？」

「――いや」

思わず答えてしまい、顔をしかめる。やっと会話ができそうな様子を見せたのに、ぶっきらぼうすぎた。

「ちがうよ」

できるだけ優しく言い足した。女児は首を傾《かし》げると、また質問する。

「じゃあ、『よいももにやど』の精霊さん？」

なんだそれは、と返しそうになり口をつぐむ。神でなくともそれに準じる存在か、と訊きたいだけだろう。

冬は「死者の視えるよそのおじさん」だ。しかしそう答えれば、警戒されるのは目に見えている。ここはなりきるしかないだろう。

「まあ、そんなものだ」

「精霊さん。いつもお菓子、ありがとう」

ぺこんと頭をさげた。行儀のいい子である。

「名前は？」

訊ねると、恥ずかしそうな沈黙のあとで小さな声が答えた。

「スイちゃん」

「なにスイちゃん？」

フルネームを訊ねたかったのだが、スイちゃんは困り顔で口をつぐんだ。

言いたくないのか、会話を続けるほど打ち解けていないのか。

黙っているのも気詰まりなので、冬は質問を変えた。

「お母さん、探してたんじゃないのか？」

スイちゃんははっとした。どうしていままで忘れていたのかという表情で立ち上がった。

左右を確認したスイちゃんは、両の拳を握ると一心不乱に探し始めた。

「あ、おい」

止める間もなく出て行ってしまう。

急にがらんとした部屋で、冬は呆然《ぼうぜん》とした。展開があまりに唐突でついていけない。

とりあえず、目下の悩みは消えたようだと冬は小皿を拾った。スイちゃんはふたたび、母親を探す旅に出たのだ。

小皿をシンクに放りこんで、自分は風呂場に向かった。時刻は午前十一時半。そろそろ支度して、スナシに顔を出さねばならない。

お湯の出がいまいち悪いシャワーを浴びていると、部屋で物音が聞こえた。か細い泣き声？

まさかと思い、バスタオルを腰に風呂場を出る。

はたして台所にはスイちゃんがいた。ここへ駆けこんできた日と同じように泣いている。

また隣室に迷いこんだのか、それとも外で似たような目に遭ったのか。

「周りが見えないのに勝手に行くからだ」

冬の呆《あき》れ声にスイちゃんが涙顔を上げた。

「よいももにやどの精霊さん――」

「お帰り」

諦め半分でそう声をかけると、スイちゃんがべそをかきながら訴えた。

「ママ、いないの。どこにもいない」

「そりゃそうだろ。あんたは迷子なんだから」

しかも死者である。

迷子。その言葉はスイちゃんにショックを与えたようだ。言葉の意味が染みこむにつれて、しゃくり上げが号泣に変わる。

冬は観念した。これを黙殺できるほど、冷酷にはなれない。

冬は二袋目のせんべいを開け、皿にいれてスイちゃんの前に置く。

「わかったよ。一緒に探すから」


この場合、今日が出社日だったのはナイスタイミング、と言えなくもなかった。

スナシのボス、羽塔花純は死者に理解がある。

というより、死者にしか興味がない。

花純とその部下である三田川《みたがわ》を巻きこむつもりで、冬はSNS経由で連絡を入れた。

『迷子の四歳児（死者）を連れていく』

『ぜひ！　お待ちしています‼』

三田川の返信は花純の反応を想像させた。手ぐすねを引いて待ち構えていそうだ。

引き合わせるのは甚《はなは》だ不安だったが、冬一人では探しきれないのも事実だ。

留守番と同行の二択を示すと後者を選んだため、冬はスイちゃんを連れて出た。

話をしてわかったのは、スイちゃんが「まぶしくて真っ白」な世界にいるということだ。そこは、いくら目を凝《こ》らしても、なにも見えない場所であるらしい。

供えた菓子が除外されるのは、メッセージ性のあるなしと関係がありそうだった。なぜなら、ためしに冷蔵庫から取り出したもやしは、スイちゃんには見えなかったからだ。

そして一方で、現世の音や声はある程度聞こえているようだった。ある程度、と注釈がつくのは、やはり自身への呼びかけや罵倒《ばとう》ははっきり聞こえ、行き交う人の会話などはそうでもないからである。

つまりスイちゃんは、基本的になにも見えない世界で、時々自分に向けられる言葉やものだけをキャッチできるということだ。

「歩くの、怖い。お手てつないでも、怖い」

そう訴えられた冬は、スイちゃんをスナシまで背負っていくことにした。

視えない女児を背中に。くたびれたリュックは腹に。

道行く人々に怪訝《けげん》そうな顔をされたが、逆は無理だ。見ず知らずの女児を抱っこするのは、それがたとえ死者でも勇気がいる。

「瀬山《せやま》さんが子連れ出勤ですか。うーん、けっこうシュールですね」

スナシのドアを開けると、三田川がすっとぼけた感想をもって迎えた。

シュールとはなんだ、シュールとは。そういう反応をするなら、冬だって三田川が既婚子持ちと知った時に、皮肉ってやればよかったと思う。

室内でスイちゃんを下ろすと、スイちゃんは不安そうに冬のジーンズにしがみついた。

「おぶってきたんですか？」

動作に目を留めた三田川が訊いてくる。

「ちょっとな。この子は声や音は聞こえるが、周りが見えない状態なんだ」

「目に障害が？」

「いや、おそらく状況を呑《の》みこめてないんだろう。現に菓子を渡せば、そういうものは見えるんだ」

「なるほど。ぜんぜんわかりませんが」

しかつめらしい顔でコメントしたチンアナゴがスイちゃんを探すそぶりをしたため、この辺にいる、と冬は指し示した。

「名前はスイちゃんだ」

了解した三田川が、小腰を屈《かが》めて話しかける。

「こんにちはスイちゃん。お兄さんは、そのおじさんの友だちだよ」

「ずいぶん思いきった年齢詐称だなおい」

冬のつっこみを、三田川は澄《す》まして聞き流した。

「それからね、あそこにお姉さんがいるんだけど、お姉さんもお友だち」

「こんにちは」

花純が応じた。いつもより数段潤いのある声なのは、スイちゃんに興味を惹かれている証拠だ。

「まだ子どもなんだ。節度は守ってくれ」

冬はすかさず釘《くぎ》を刺した。花純の自由にさせると、二言目には「どうやって死んだの」と訊きかねないからである。

「今日、この子を連れてきたのは、あんたの大好きなビジネスでだ」

そう切り出すと、こと死者に関してだけは呑みこみの早い花純が訊ね返す。

「わたしは、あなたになにを提供すればいいのかしら」

「知恵を。この子を、母親のもとに返してやりたい」

「お任せするわ、三田川さん」

笑顔の丸投げが、いっそ清々《すがすが》しい。「自分で少しくらい頭を絞れ」と厭味《いやみ》を言う気も失《う》せるほどである。

「先に言っておくが、あんたのほしいものを渡すタイミングは俺が決めるからな」

冬の出した条件を、花純はあっさり飲んだ。

「いいわ、それで」

「とりあえず、いまわかってることってどんな感じなんです？　名前とか住まいとか」

メモを構えた三田川に訊かれ、冬は知っていることを挙げた。

「推定四歳の女児。名前はスイちゃん」

復唱しつつ書きとめていた三田川が、二つで止まった手がかりに愕然《がくぜん》とする。

「えらいハードル上げてきますね。うちは探偵事務所じゃありませんよ」

「そうは言っても、あんまり喋ってくれないんだ」

三日前より慣れたとはいえ、ほとんどはうなずくか首を振るかである。

「ですよね。瀬山さんは知らないうえに見えないおじさんなわけですから」

一回り以上年上のくせに、おじさん、おじさんと三田川はしつこい。

「俺がお兄さんに期待してるのは、子持ちのスキルなんだが」

意趣返しとばかりに冬は言った。三田川の息子はすでに中学生らしいが、それでも冬よりは子どもの扱いがうまいはずだ。

「もちろんお兄さんは、いろいろできるよな？」

「いいでしょう」

自信ありげに応じた三田川が、スイちゃんに向き直った。

「スイちゃん。お兄さんの名前はみたがわさとるだよ。あそこのお姉さんは、うとうかすみ。スイちゃんはなにスイちゃんかな？　よこやますいちゃん？　にったすいちゃん？」

スイちゃんが恨めしげな上目遣いになった。

「……」

「ないとうすいれん。だそうだ」

つぶやきを拾って伝えると、三田川は鼻の穴を膨らませた。

「ドヤってるところアレだが、怒らせたぞ」

「そりゃ、自分の名前を間違えられて嬉《うれ》しいひとはいないですからねぇ」

それを逆手に取ったテクニックなのだろう。言わば、かまをかけたわけだ。

「すいれんちゃんは、なにぐみさんかな？　ももぐみさん？　はとぐみさん？」

「……」

「とっきゅう組らしいが、あんまりやると嫌われるんじゃないのか」

冬は警告した。スイちゃんは冬のジーンズを摑《つか》み、むっつりと下唇を突きだしている。間違われてばかりで、すっかり臍《へそ》を曲げてしまったらしい。

「腹減っただろう。メシにしようか」

その場を取り繕うために食事で釣って、冬はスイちゃんをソファに座らせた。失態を察した三田川が、さっと弁当を持ってくる。

俺の支給食……。

心で泣いた冬は、弁当の包みを開いてスイちゃんの前に置いた。

今日のメニューはオムライスだ。つけあわせに自家製と思われる鶏つくねがついて、デザートには凍らせたミニゼリーがふたつ。

お誂《あつら》え向きの子どもメニューに、スイちゃんが顔をほころばせる。

食べ始めたのを見計らって、冬は三田川に近寄った。

「とっきゅう組に通う、ないとうすいれん。これだけで、人を探せるか？」

自身の席に弁当を置いた三田川が即答する。

「無理ですね。ですが個性的な名前とクラス名なので、ネットリテラシーの低いママ友なんかがいれば、特定につながる可能性はあると思いますが」

「聞きこむにしても、地域やなにかがもう少し絞りこめないとか」

「それもそうですが、いつ亡くなったかも重要です」

今年亡くなった四歳と、三十年前に亡くなった四歳では、聞きこむ対象も変わってくる。

「あともう一点、押さえてもらいたいのは、スイレンちゃんのお母さんのことです」

「どういう意味だ？」

冬が訊ね返すと、三田川はスイレンちゃんを慮《おもんぱか》って声をひそめた。

「ぶっちゃけ、生きてるか死んでるか、です」

三田川の言うとおりだ。探している母親が生者か死者かで、帰す方法も場所も違う。

「そういうのは視えたりしないの？」

花純に訊ねられ、冬は首を傾げながらスイちゃんに目を凝らした。

「こればかりは、時と場合によるとしか言えんが――」

死者の過去は、死者がこだわりやエピソードを持つ「こと」や「もの」に触れた場合に視えることが多いのである。

スイちゃんは、笑顔でオムライスを頬ばっている。すると、その向こうに家族の団欒《だんらん》の風景が視えた気がした。にぎやかな食器の音と、話し声。

「――ごく普通の家庭で育った子みたいだな。両親と彼女と、赤ん坊」

おそらく、スイちゃんの弟妹だろう。

「四人家族。ほかには？」

「いまのところ、それだけだ」

首を振った冬はしばらく目を凝らし続けたが、目の奥に刺すような痛みを覚えて中断した。死者に長く集中するのは難しいのである。

目を閉じ、顔を仰向《あおむ》けて痛みを逃していると、耳の奥で靴音が響いた。

歩幅の狭い、せわしない子どもの駆け足の音だ。足音の持ち主の鞄の中で、なにかがはずんでいる。

トコントコン、トコントコン
「早く、早く、早く」

つぶやいた冬はスイちゃんになっていた。背負っているのはリュックだ。元気いっぱいに蹴っているのはアスファルト。

「ママと一緒に食べよう。ママ、おいしいねって言ってくれるかな」

「翠恋《すいれん》、止まりなさい！」

背中から、焦ったようなパパの声。

でも、止まりたくないんだもん、待ちきれないんだもん。

だってママと一緒に食べるんだか——。

キイイイイっという大きな音。

「すいれん!!」

パパの絶叫が、ガツッとなにかにぶつかった音の向こうに聞こえた。

え？

——なんかさむい。なんかまぶしい。

なんか痛い。痛い痛い痛い！

ママ？　ママ痛いよ！　ママどこ？　ママ!!


鈍い音がして、膝に衝撃を感じた。

身体を支えるために手をついて、冬は理解する。立ちくらんで倒れたのだ。

「瀬山さん」

すぐ側にいるはずの三田川の声が、遥か遠く聞こえた。大丈夫だと合図したつもりだが、ちゃんと手が動いたかはわからない。

「交通事故だ——」

「あの子の死因ですか?」

三田川のささやきに、冬は頭痛をこらえながらうなずいた。

「彼女は、母親となにかを一緒に食べようと、急いで帰っていたんだ。楽しみにして、鞄をはずませて、喜ぶ顔を想像して、それで」

切れ切れに描写した冬は、トイレまで這《は》って、吐いた。

迫るブレーキの音と感じた衝撃が、冬の中で無限に再生される。

くそ。くそ。くそ!

事故と知っていたら、絶対に視なかったのに――!

冬は荒い呼吸を繰り返した。流れていた涙を拭い、トイレを片付ける。

室内に戻ると、不安そうな三田川がデスク脇に立っていた。

「大丈夫ですか?」

「もう慣れたよ」

こういった体調の変化は、死者と関わる代償のようなものだ。

「いま視えたものからすると、スイレンちゃんの母親は存命のようですね」

三田川の安堵《あんど》したような声を聞きながら、冬はスイちゃんを窺った。

幸い、スイちゃんは気づいていないようだった、弁当をあらかた食べ終え、残ったゼリーを見つめている。

その途方に暮れたような表情に、冬は応接セットへ戻った。

「どうした？　ゼリー、嫌いなのか？」

押し黙っているスイちゃんに弱った冬は、三田川を頼った。

「アレルギー、あるのか？　おうちの人に食べちゃ駄目って言われてる？」

三田川に指示されたとおりに訊ねると、スイちゃんは長いこと経《た》ってから、泣きそうな顔で言った。

「いらないの」

消え入りそうな声は、「遠ざけてほしい」と同義に聞こえた。冬はミニゼリーをつまみ上げて、コートのポケットに落としこむ。

スイちゃんの視界からもゼリーは消えたのだろう。あからさまにほっとする。

「子どもって、わりとゼリーが好きなもんなんですけれどね」

様子を見にやってきた三田川が意外そうな顔をした。冬もそう思う。が。

「おそらく、ゼリーがきっかけだからだ」

「え？」

「事故に遭ったのは、ゼリーを母親と分け合おうと急いだせいだ」

冬はほぼ確信していた。冷たさが、先ほどのイメージとやけにリンクした。もしこれをリュックの中に入れて駆ければ、あんな音になるだろう。

トコントコン、トコントコン
同時に、彼女に周囲が見えない理由もわかったような気がした。最後に感じたまぶしさのせいで、心理的に目が眩《くら》んだままなのだろう。

「じゃあ、ゼリー嫌いは、事故の瞬間を思い出したくないからですか」

「たぶんだが、無意識に痛みや恐怖をブロックしているんだろう」

「子どもの交通事故死なら、記事の検索ができるかもしれませんね」

たしかに、子どもがらみの事件や事故は、報道されやすい傾向にある。

「こちらで、ちょっと調べてみましょうか。それでいいですよね、羽塔さん？」

三田川が確認のために花純を振り返る。流れで見遣《みや》った冬は、眉をひそめた。

「――羽塔さん？」

花純はボス席で動きを止めていた。まるで魔法にかけられたかのように、弁当の包みを解《ほど》きかけたところでポーズしている。

「スイッチ切れたか？」

冬は半ば本気で三田川に訊ねた。アンドロイドのバッテリー切れか、あるいはそのパントマイムだとしたらなかなかである。

三田川が表情を引き締めた。ボス机へととって返そうとするのとほぼ同時に、花純の手が動いた。

なにごともなかったように包みを解き、弁当箱の蓋《ふた》を開ける。

「ごめんなさい。ちょっと拍子抜けしたものだから」

「いまの話で、――なにをどう拍子抜け？」

冬には花純の理論がさっぱりわからない。

「いまの話で、スイレンちゃんの死に際が漠然《ばくぜん》と知れてしまったなって思ったの。だって、お母さんとゼリーをわけっこしたくて急いでいたんでしょう？」

「まあ、死の瞬間考えていたことは、それの可能性が高いですよね」

三田川の相槌《あいづち》で、やっと話につながりが見えた。

冬は警戒して訊いた。

「だから瀬山さん。今回の話はナシで――とか言い出すんじゃないだろうな」

「一瞬、考えたわ。でも、いまは違うことが気になっているから続行でかまわないわ」

「スイレンちゃんに該当《がいとう》する事故情報の調査をしていいという意味ですか？」

花純がうなずく。

「あんたが気になってるのって、どんなことだ?」

「ゼリーのことよ」

訊ねた冬は、それこそゼリーをのどに詰まらせたような顔をした。なんだって?

「それって、スイレンちゃんが事故に遭った時に持っていたものですか?」

三田川が確認した。

「ええ、それ。どうなったのかしら。食べられたのかしら」

「食べられてないと思いますよ。だって、帰宅途中の事故だったわけですから」

スイちゃんはもちろんのこと、親だって我が子の見舞われた悲劇で、それどころではなかったはずだ。

「ゼリーの行方を知りたいと思うのよ」

「誰が?　あんたが?」

呆れて訊ねた冬に、花純はややひねった返し方をした。

「もしわたしがスイレンちゃんだったら、かしら」

「どんな結果でもか?」

事故の際、ゼリーは潰《つぶ》れたかもしれない。どさくさで取り紛れた可能性もある。

「どんな結果でもよ。なぜなら、スイレンちゃんにはチャンスがあるもの。瀬山さんは、あの子を帰してあげたいのでしょう？」

母親のもとに。そのつもりだ。

「その時にもし、スイレンちゃんにゼリーを渡してあげられたら。スイレンちゃんがお母さんとゼリーをわけっこできたなら。なにか変わるかもしれないでしょう？」

誰の『なにか』が？　スイちゃんの？　それとも花純の？

冬にはそれが、後者のように思えてならなかった。

花純はなにを変えたがっているのだろう。そしてまるで、データを蓄積して学習するアンドロイドのようでもある。

答えの出ない問いを振り払って、冬はゆっくりと訊いた。

「今回、あんたが知りたいことはそれか」

「そうなるわ」

「わかった」

やってみてもいいとすんなり思えたのは、花純の要望に救いがあるからだ。花純に対するそれではなく、スイちゃんのための救いである。

果たせなかった思いを、死後であっても遂げられるなら。

珍しく利害が一致した気がする。利害もなにもビジネスなのだが。

弁当を食べ始める前に、花純がいつもの言葉で締める。

「お願いね、瀬山さん」


「迷子ってわかるか?」

冬はスイちゃんに訊いた。

スナシからの帰り道、最寄り駅までを歩きながらのことだ。

スイちゃんが退屈し始めたので、あのあとすぐ、冬はスイちゃんとスナシを出た。

腹に抱えたリュックには、食べ損ねた弁当の代わりとして三田川の分が入っている。

スイちゃんは死者である。菓子もそうだが、弁当も「あちらの世界」での消費になる。

そのため冬の弁当も、見た目には手つかずの状態なのだ。おさがりという風習が示すように、むろん、食べることもできる。

だが三田川は、自分の弁当と交換した。

『以前、白恵《もえ》さんもお弁当を食べたじゃないですか』

理由として、三田川は事務所で供えた弁当のことを持ちだした。

『あの時、弁当から見るからに生気がなくなったでしょう? だからあれ以来、お供えのお下がりって、栄養はないような気がするんですよね』

　一理あるには、ある。はっきり変化がわかる場合、たしかに味は格段に落ちる。

『それに瀬山さんに昼食を支給するのも、契約の一環《いっかん》ですから』

　ビジネスと強調するのは社風だろうか。

「スイちゃん、まいご知ってる」

　背中のスイちゃんが勢いこんで応じた。

「あのねぇ、まいごっていうのはねぇ、まいごになることなの」

　理解できているが語彙《ごい》が足らないのか、理解できてないのか判断しにくい。

「ぐちゃぐちゃってなってね、わわわわってなるの」

「（道が）ぐちゃぐちゃって（わからなく）なって、（焦って）わわわわとなるのか」

　そうであれば、――まあ正しい。

「自分がいま、迷子なのはわかるか？」

「うん」

「迷子じゃなくなるには、どうすればいいかわかるか？」

「ううん……」

　スイちゃんは、冬のコートをきゅっと握った。

「あのな、迷子じゃなくなるには、いろんなことを思い出さなくちゃならないんだ。たとえば名前や、家族や、住んでいたところ」

「スイちゃん、パパとママとスイちゃんとカエくんのよにんかぞく」

「それでとっきゅう組なんだろ？　なに幼稚園？」

「いったいもものきようちえん」

痛ったい桃《もも》の木幼稚園？　たぶん違う。

冬自身は昔、「ひ」と「き」が上手《うま》く言えなかったなと思い出す。

「住所は言えるかな？」

「なごや県とうきょう？」

「そうくると思ったよ」

ため息まじりに応じた時、少し先から子どもの歓声が聞こえてきた。

見遣ると、切り取られ損ねた羊羹《ようかん》のような形をした児童公園がある。

というか、公園は以前からあった。遊具や子どもたちの存在が、これまで冬の目に入らなかっただけだ。

「公園……」

スイちゃんの声に羨望《せんぼう》を聞き取った。

「行きたいのか？」

背中でもぞもぞしているのが答えだろうと判じ、冬は児童公園に入った。

ちょうど降園時刻なのか、制服姿の園児たちが遊んでいた。母親たちは首から保護者証をぶら下げ、止めた自転車の傍《かたわ》らでお喋りしている。

「なにで遊びたい？　滑り台、ブランコ、ジャングルジムがあるぞ」

遊具を挙げると、長い間があってからスイちゃんが訊いた。

「――お友だちが使ってないの、どれ？」

「ブランコだが」

「じゃあ、ブランコ」

「ほかのだって、使っていいんだぞ？」

「ブランコがいいの」

消え入りそうな声に、それ以上勧めるのはやめた。

ブランコに向かって歩きだすと、鬼ごっこをしている園児たちが横切った。

はしゃいだ声を聞き、背中でスイちゃんが身を固くした。

「よいももにやどの精霊さん」

「どうした？」

「ブランコ、――いっしょのって」

まじか。冬は目を剝《む》いた。園児の集う時間帯に、くたびれた身なりの男がブランコ？

一人で乗れるだろうと突き放す言葉と、押してやるからという提案を冬は飲みこんだ。見知らぬ集団が苦手だという気持ちは、冬にもわかる。そして、傍目《はため》には誰も乗っていないブランコを押すという行為は、成人男性が一人でブランコを漕《こ》ぐ以上の通報案件だ。

「じゃあ、ちょっとだけな」

冬は四つ並んだブランコの右端に腰を下ろす。

キンと冷たい鎖《くさり》を握って、ゆっくり漕いだ。そよぐ風に前髪があおられる。

背中にしがみついていたスイちゃんも慣れてきたようだ。楽しそうなクスクス笑いが聞こえる。

「もっとはやくがいい」

「落ちるなよ」

しっかり摑まるよう促《うなが》して、スピードを上げる。スイちゃんの笑い声に反比例するように、母親たちの表情が警戒度を強める。

独りならば、すぐさま逃げだすところである。そうしないのは、スイちゃんがはしゃいでいるからだ。

はじめて聞く笑い声の、子どもらしさにほっとする。つかのまだけでも、この笑い声を消さずにおきたい。

空を蹴上げる冬を、薄着の若い男がおかしそうに眺めている。

「お母さん、おんぶ」

食い入るように見つめていた園児の一人が、母親にせがんだ。

「おんぶして、ブランコこいで」

あの子にはスイちゃんが視えているのだろう。あるいは、楽しそうな雰囲気に共鳴したか。

「おんぶしてブランコ？　そんなことするわけないでしょう」

「だって、あそこのお友だちが――」

園児が冬を指さすと、母親が慌《あわ》てて手を下ろさせる。

「よいももにーやどの、せいれいさーん。おはよう、おはよう」

スイちゃんが歌い出した。

聞いたことのあるメロディだ。なんだったろうかと冬は記憶をたぐる。

すると、ブランコの傍らの地面を掘り起こしていた園児たちが口ずさみ始めた。

スイちゃんの歌と同じメロディ。けれど歌詞が違う。

冬の知っている歌は、園児たちのそれだ。つまり、スイちゃん版は替え歌なのだろう。

ふとスイちゃんが、冬を透過する形でブランコを飛びおりた。

はっと息を呑む冬の前で、スイちゃんが妙なしぐさをする。園児たちの歌に合わせて踊ってみせているのだ、と気づいた。恥ずかしそうながらも、嬉しそうなのがかわいらしい。

ほほえましく眺めながら、冬は不吉な予感を拭えずにいた。

スイちゃんが身体を通り抜けた瞬間、視えたものがあったのだ。

高い柵と、厳めしい建物――。


冬の不安は的中した。

「スイちゃん。なにかほしいものはあるか?」

冬は台所の隅に声をかける。

「ないよ」

ささやき声がやっとのように応じた。身体を横たえて丸まったスイちゃんは、振り向くことさえしない。

ブランコで遊んだ日の夜、スイちゃんの不調は始まった。しきりとだるさを訴えるようになり、眠がり、菓子もほしがらない。

『その状態に、心当たりはありますか？』

電話越しに訊ねたのは三田川だ。

丸二日案じた冬は、その夜、藁《わら》にもすがる思いで三田川に連絡を入れた。

子持ちの知り合いなど、ほかにいないのである。

「まるでない。一昨日、スナシの帰りも元気だった。公園でブランコに乗ったり」

ブランコのあとは、これまでよりもずっと打ち解けてよく喋った。こんなに喜ぶなら、事案扱いを覚悟でまた連れていこうかと思ったほどだ。

そんな矢先の出来事に、心穏やかではいられない。

『子どもは突然熱を出すものですから、と普通ならば言えるんですがねぇ』

三田川の歯切れは悪く、冬は和室の折りたたみ座卓に肘《ひじ》をついて額《ひたい》を支えた。

「死者じゃ無理か」

『むしろ、瀬山さんのほうが詳しいのでは？　わたしには視えませんし』

そう、冬は視える。だからこそ、嫌な予感が拭えないのだ。

「――じつは、類似ケースを知っている。呼びかけてもほとんど反応しない。あるいは、ひどく眠たがる」

『死者が、ってことですよね？』

「ああ。そういった状態は、つまり、消えかけているということなんだ」

『この世にとどまる未練がなくなった、ということですか？』

「ある意味ではな。どちらかといえば、心が折れたのほうが近いかもしれない。さまよっている死者の、誰もが生者に気づいてもらえ、望みを果たせるわけじゃない」

『ようは、たいていは、話しかけても無視され続けているようなものなんですね。わかります。そりゃあ心も萎《しぼ》むでしょう。でも、今回は状況が違うんじゃないかと』

なぜなら、冬はスイちゃんに気づいた。一緒に母親を探すと、約束もしている。

さまよう死者にとって、それは希望の光である。

「俺もそう思うんだが」

『それに、スイレンちゃんの変化は急すぎやしませんか？　心が萎んで外界に興味を持たなくなるのには、それなりの時間がかかるのでは』

「あんたの言うとおりだが、反面、スイちゃんのこの世との距離の取り方が、風化してゆく死者に似すぎている」

『瀬山さんは、このままだとスイレンちゃんは消えると……？』

三田川は、冬の怖れを正しく汲《く》んだ。

『ちなみにですが、スイレンちゃんがこのまま消えた場合は――？』

「風化した死者と同じ道を辿《たど》るなら、塵《ちり》となって消える」

『では、お母さんのもとへは？』

現実になるのが嫌で、冬は答えるのを避けた。

「そうならないためにも、早く身元を知れないか？」

『記事検索の件でしたら、明日、瀬山さんが出社したらお伝えしようと思ってたんですが、出ないんですよ』

「引っかかってこないのは、あんたの探し方のせいとか言うなよ」

『探してるのは、わたしじゃありませんよ。その筋のプロに委託してます』

年代も地域も広範囲にわたり調べたそうだが、該当する死亡事故は見つからなかったという。

『補足すると、瀬山さんの視た事故にかなり近いものはヒットしてます。ですがその事故、被害女児は助かってるんですよね』

「怪我《けが》はしたが、命に別状はなかったということか？」

『いや、別状うんぬんは微妙なラインかと。――ちょっと待ってください』

事故は最近のものらしく、報告には新聞記事のコピーがついていたという。

電話の向こうで、紙をめくるような音が聞こえた。

『四歳の女児、意識不明の重体」だそうです』

見出しを読み上げられ、冬の中でパズルのピースがはまった。

とんでもない勘違いをしていた。

「幽体離脱」

冬は青くなって言った。

『瀬山さん？』

「スイちゃんは死者じゃない。俺が視ているのは、生者の魂なんだ！」

『え？　え？　魂って生き霊《いりよう》てことですか？』

三田川は混乱していたが、かまっていられない。

冬はスイちゃんの側に駆け寄った。

「スイちゃん！　ないとうすいれん！　寝ちゃダメだ！」

肩を掴んで揺さぶると、小さなつぶやきが返る。

「スイちゃんねむいの」

「おきて。起きろ！　起きなくちゃダメだ！　病院に行くぞ！」

『どういうことなんです、瀬山さん？　病院って？』

放り出したスマホから、三田川の声が聞こえている。

「スイちゃん！　あんたのお母さんは病院にいる。病院で、あんたが目を開けるのを待ってるはずだ！」

意識不明の重体。その言葉で、この状態の説明がつく。

スイちゃんはあの日、幼稚園帰りに飛び出しをして事故に遭った。おそらくはその衝撃で、魂が身体から脱けてしまったのだろう。

冬はスイちゃんの身体に目を凝らす。幾度も繰り返してようやっと、右足の爪先《つまさき》に、細く光る糸状のものを見つけた。

これが、身体と魂をつないでいるのである。まず死者だという思いこみがあり、糸の輝きが弱いせいもあって気づかなかったのだ。

冬は激しく後悔した。もっと早くにこれを見つけていたら！

「三田川さん。その重体事故っていつだ？」

『ええと。――十日前です』

「事故の場所を教えてくれ。専門家がいるなら、入院先も調べてもらってくれ。すぐに！」

『まずい状況なんですね』

呑みこみの早い三田川が、こういう時にはありがたい。

「そうだ。俺の勘が正しければ、スイちゃんはいま危篤《きとく》だ」

冬は身震いをこらえた。彼女の急な変化の理由はそれだ。身体の生命レベルが低下し、魂が脱けた状態を維持できなくなりつつある。

『了解です。いったん、電話切りますよ』

冬はスマホをそのままに、スイちゃんを抱え起こした。

「スイちゃん。スイちゃん。起きよう。お母さんが待ってる」

「――――せいれいさん。さむい」

訴えに総毛立った。冬は平静を装って励ました。

「寒くないよ、寒くない。大丈夫。帰れる。頑張ろう」

腕をさする。そうすることで、少しでも生気が分けられると信じたい。

スマホの画面がぱっと点《つ》いた。三田川のメッセージがポップアップされる。

『事故の場所です』

メッセージに続いて、新聞記事を撮ったものが送信されてきた。S県K市。ここからだと、電車で二時間ほどの距離だ。

おそらく、搬送されたのも市内の病院だろう。

身支度した冬はスイちゃんを抱き上げた。緊急事態である。

「病院に行くよ。起きて。一緒に行くよ」

スイちゃんを連れて移動するのには、理由があった。幽体離脱は体力を消耗する。物理的な距離が遠ければ遠いほど、その消耗は激しい。

危篤になるほど体力が低下しているいま、電車で二時間の距離は危険すぎる。

冬は駅までの道を急ぎ、来た電車に飛び乗った。帰宅ラッシュが過ぎたあとの上り電車で、いい具合に座れる。

「いまから少しずつ、楽になっていくからな」

自分の膝に向かって話しかける冬の両隣に、空間ができた。

避けられたほうが、むしろありがたかった。周囲を気遣わずに済む。

声をかけ続けなければ、スイちゃんと身体をつなぐ糸は切れてしまいそうだった。それだけは避けたい。「死の瞬間」なんて見たくない。

あの瞬間――と冬は思い出す。肉体の灯《ともしび》が消え、魂がするりと抜け出すあの瞬間のぞっとする冷たさは、もう二度と味わいたくない。

どうか、花純に報告するようなことにならないでくれ。

S県K市まで二時間。二時間って、こんなに長かっただろうかと冬は焦《じ》れた。電車を乗り継ぎながら、スイちゃんは保つだろうかと心が乱れる。

すうっと、スイちゃんの呼吸が眠る時のそれに変わりかけた。

人が生と死の狭間《はざま》にある時、眠りは死神の先触れだ。なんとかスイちゃんの気を惹こうと考えた冬は、歌を口ずさむ。

「よいももにやどの精霊さん、おはよう、おはよう」

聞き覚えのある箇所《かしょ》だけ替え歌バージョンで歌い、あとは正規の歌詞をつなげる。

それでも効果はあった。スイちゃんが薄目を開けて笑う。

「この歌、大事なんだな？」

「あのねえ。スイちゃん、ぷりんせすなの」

話はまるでかみ合わなかったが、冬はうなずく。

電車がＳ県に入った頃、三田川から連絡が入った。

『入院先はおそらく、Ｋ市中央総合病院です』

住所や下車駅を伝えてくるあたり、三田川はぬかりない。

病院の最寄り駅で下車した冬は、タクシーを拾った。煉瓦《れんが》造りの、医療もののテレビドラマでも撮影しそうな病院が見えてくる。

突然、スイちゃんがむくりと身体を起こした。夢から醒《さ》めたような顔をしている。

「よいももにやどの精霊さん。スイちゃんヘンなの」

「眠いの、治ったんだな」

訊ねながら、魂の糸が切れていないことを確認した。

切れていない。つまりこれは、いいほうの変化のはずだ。

「スイちゃんは、戻ってきたんだよ」

「ママがいるの？　ママどこ？」

きょろきょろするが、まだ周りは見えないようだ。

タクシーが車寄せに停《と》まった。料金を払った冬は、しきりと目を逸《そ》らす運転手からレシートを受け取ると車を降りる。

さあ、着いた。けれどどこからどうやって、スイちゃんの病室を探せばいいのか。

時刻は真夜中に近く、消灯時間を過ぎていた。当然、面会時間も終わっている。

「精霊さん。ママは？」

腕の中のスイちゃんが、冬の袖《そで》を揺する。

「どうしましたか？」

夜間受付口から守衛が出てきた。棒立ちの冬に不信感を持ったのだ。

「いや――」

考えがまとまらず、そこで言葉が止まる。どうすればいい？

「早く。こっちだ」

院内から現れた青年が冬を招いた。振り返った守衛が、青年と冬を見比べる。

「あ、呼ばれて。家族が」

途切れ途切れに言ったのが功を奏したのか、冬は受付に通された。面会者リストに記入を求められる。

「六一五、ハラシマ」

青年の指示に従い、冬はハラシマさんの家族になりすました。罪悪感から、ハラシマさんの無事を願う。

面会者バッジを胸に、冬は受付を通過した。

エレベーターホールで、青年が待っているのが見えた。冬はいくども生唾《なまつば》を飲む。

「小児病棟は五階だ」

そう告げると、青年は笑みを見せてエレベーターホールを離れてゆく。

追うべきか迷い、乗場ボタンの上階行きを押すことを選んだ。こちらを窺っている守衛の疑いを深めると、目的を果たせなくなる。

そして時間がなかった。冬は降りてくるかごの音を聞きながらスイちゃんに言った。

「スイちゃん。ここは病院だよ。スイちゃんは五階の部屋に入院しているんだ」

小児病棟。セキュリティはどこよりも高いはずだ。だからおそらく、冬はその出入り口までしか送ることができない。

「にゅういんはママだよ。カエくん生まれるとき、にゅういんだったの」

「いまはスイちゃんの身体が入院してるんだ。身体ってわかるか？　魂の容《い》れもの」

スイちゃんは眉間《みけん》にしわを寄せる。

エレベーターのドアが開いた。乗りこんだ冬はドアが閉まるのを待ってスイちゃんを下ろす。

「よく聞いてくれ。ここはエレベーターの中だよ。いまから、スイちゃんの身体がある五階に行くんだ」

しゃがんで目を合わせ、両肩に手を置いて言い聞かせた。

「五階に行ったら、身体を探すんだ。どこかの部屋で、スイちゃんの身体が寝ている」

「スイちゃん、ここにいるけど」

「そうだけど、お部屋にもいるんだ」

「スイちゃん、会いたいのはスイちゃんじゃなくてママなの」

目に涙を溜めてうつむく。裏切られたという表情だ。

行き先ボタンを押してください

エレベーターに促された。動かずにいるとブザーが鳴り始める。

中腰で手を伸ばし、時間稼ぎに最上階のボタンを押した。暗証コードをどうぞ。舌打ちした冬は一つ下、十階を指定する。

「スイちゃん。ママに会うためには、迷子をおしまいにしなくちゃならないんだ」

上ってゆくデジタル表示の数字を意識しながら、冬は言った。

「スイちゃんが迷子になったのは、車とぶつかったからなんだよ。そのことを思い出さないと。お母さんとゼリーを食べようとして、お父さんに止まれって言われたけど飛び出したんだよね？」

スイちゃんの顔が白くなる。恐怖の瞬間がよみがえりそうなのだろう。

十階です
ドアが開いた。スイちゃんの左頰を明かりが照らす。

正面にはナースステーションがあったが、幸いなことに、誰の姿も見えない。

冬はふたたび促されるのを待って、一階を目指した。

「スイちゃん。身体に戻って目を開けよう。そうすれば、お母さんに会えるから」

「会えないよ」

涙声のつぶやきは、尻込みのすり替えだ。

スイちゃんの気持ちを奮い立たせようと、冬は言葉を探した。

「こんな遠いところから、俺――精霊さんのうちまで歩けたんだよ。見えなくて、怖くて、それでも歩いたよ」

――階です
停めたままにできないため、冬は再び、十階へ向かう。

「スイちゃんはプリンセスなんだろ？　お姫さまは、勇気があるもんだ」

「えみなちゃんもしゅうかちゃんもじゅりちゃんもぷりんせすだもん……」

クラスメイトらしい名前が挙がる。勇気の担当は、その子たちだとでも言うように。

「泣き虫担当でいいなら、ずっとそうしてろ」

焦りから苛立《いらだ》ちをぶつけ、そうじゃない、と顔をしかめた。こんな状態で勇気を出すなんて、難しいに決まっている。自身の置かれた状況も把握できず、なにも見えず、すがれるものと言えば見知らぬ「精霊さん」だけなのだ。

けれど、ここでこうしていられるのも時間の問題だった。守衛が異変に気づけば、冬はつまみ出されるだろう。

スイちゃんの身体も、あとどれだけの余力があるか。

十階に着いてすぐに、冬は「五」のボタンを押した。エレベーターが下降する。アナウンスとともにドアが開く。

五階です
予想はしていたが、エレベーターホールには電子ロックとインターホンを備えたドアが設えられていた。面会者は看護師を呼び出して、あけてもらう仕組みなのだろう。

冬は「開」ボタンを押したままスイちゃんを促した。

「耳を澄ませてごらん」

スイちゃんが泣きべその困り顔のまま見上げる。

「聞こえるはずだよ、お母さんが呼んでる」

でたらめ、というよりも一種の賭《かけ》だった。推測どおりにスイちゃんが危篤であるなら、その母親は病室に詰めているはずだ。その名を呼んでいるはずだ。

そしてスイちゃんは、自身に向けられた声であれば捉えることができる。

「ママ？　どこ？」

「すぐそこだ。もう、ずっとずっとスイちゃんを呼んでる。ほら聞こえた」

冬の芝居につられ、スイちゃんは全身を張りつめさせて宙を見つめた。やがてはっとする。

「ママ！　精霊さん、ママだよ！」

いまにも走りだそうとし、ふと怯えたように振り返る。

「せいれいさん。いっしょ、きて」

「行けないんだ」

いや、行けるだろうかととっさにシミュレートした。インターホンを鳴らして事情を説明し、入れてもらう。あるいは強行突破して、病室を探す。

不可能だ。どちらを選んだところで、目的は果たせず終わるだろう。

「勇気だ。ひとりで行くんだ」

鼓舞《こぶ》したが、スイちゃんは両手をつっぱって首を振る。そのくせ、そわそわと病棟を気にしている。

ジレンマを取り除くには、スイちゃんが行動するしかない。けれど、その気持ちを引き出す術《すべ》を冬は持たない。

困り果てて身じろぎすると、コートのポケットの中でなにかが動いた。

入れっぱなしだったミニゼリー。

そう。そうだ、これを使えば。

「スイちゃん。手を出してごらん」

冬は皿の形を作った小さな手に、ミニゼリーを載せた。

オレンジ味と苺味。

記憶が疼《うず》くのか手を引こうとするのを、無理矢理握らせた。

「これは魔法のおまもりゼリーだ」

特別感をだすためにつけた「魔法」という言葉で、スイちゃんの興味を惹くことに成功する。スイちゃんはしげしげと手の中のそれを見つめてから、小声で訊いた。

「このゼリーなら、もう車にぶつからない？」

「もちろん」

「このゼリー、ママとたべていい？」

「いいよ」

スイちゃんの顔に喜びが溢《あふ》れる。

「ありがとう精霊さん。ずっと、そうしたかったの」

ああ、わかってる。だからきみは事故に遭ったんだ。

「食べられるといいな、ゼリー」

「うん！」

笑顔で両手を掲《かか》げたスイちゃんが駆け出す。

その姿はあっというまに見えなくなった。

冬はエレベーターの「開」ボタンから指を離した。やれることはやった。あとはスイちゃんの運と意思だ。

スイちゃんはいま、あの日を再現している。はやくはやくはやく、おうちに帰ろう。

——生きろよ、ないとうすいれん。

冬は強く強く念じた。

一階で面会者バッジを返した冬は、そのまま病院を後にした。

空車のタクシーがドアを開けたが、その脇を通り過ぎる。いまは歩きたい。

両手をコートのポケットにつっこみ、病院の敷地沿いの歩道を駅へと向かう。

いくらも行かないうちに、いきなり身体が軽くなった。バランスを失った冬は、蹴躓《けつまず》いてアスファルトに手をつく。

全身を覆《おお》っていた靄《もや》が吹き散らされたような解放感に、冬は確信した。

スイちゃんが、その身体に戻った。戻れたのだ。

いまごろ、スイちゃんは目を開けただろうか。家族は安堵しているだろうか。

感情がわなないて、冬は尻で後ずさり、敷地を囲む柵に重い身体を預けた。

押し寄せる疲労感が、心地のよいそれへと変わってゆく。

役に立ったのだ。

劣等感《れっとうかん》しか生んでこなかったこの力が、違う形を見せた。

いや、違う。なにかにこれほど必死になれたのは、いつ以来だろう。

穏やかな気持ちで、冬は歩道に座りこんだまま病院を振りあおいだ。

その既視感《きしかん》に、あっと声を上げる。

これか――！

スイちゃんが冬を透過した際に、視えたもの。

柵と建物。あのヴィジョンの雰囲気が威圧的だったのは、夜、このアングルからの風景だったからなのだ。つまり冬は、未来を視たのである。

謎が解け、ほっとした冬は三田川にＳＮＳで連絡を入れた。

『いま、スイちゃんを病棟まで送った』

『小児病棟って入れました？』

細かい三田川に苦笑が漏れる。

『入り口までだが、無事に身体に戻れたようだ』

仔猫が踊っているかわいらしいスタンプを返され、冬は画面を消して立ち上がる。

駅までの道を行く、その足取りは軽かった。

「あの子がスイレンちゃんですか？」

背中を丸めた三田川が、隣に座る冬の耳元で訊ねた。

K市中央総合病院の入退院ロビーはまばらな人だった。あと少しで正午というこの時間は、退院ラッシュに一区切りつく頃なのだろう。

最近の病院は、入院費の精算も自動であるらしい。なんとクレジットカード決済もできるようだ。

朝九時からこのロビーにいた冬は、そんなことに詳しくなってしまった。滅多に病院にかからないので、こういう機会でもなければ、ずっと知らなかっただろう。

冬と三田川がここにいるのは、スイちゃんの無事を確認するためだった。退院日を突き止めたのは、スナシ出入りの「専門家」らしい。どんな手を使ったのだと冬は訝《いぶか》しんだが、SNSを芋《いも》づる式に辿ることであっさり判明したという。

とはいえ、さすがに退院時間まではわからないため、朝からロビーを張りこんでいたのである。

スイちゃんの母親は、精算機を前に苦闘していた。どうやら、カードを機械が読みこんでくれないらしい。かといって手持ちの現金では足りないらしく、時折悪態をつきながらやり直している。

スイちゃんはその母親のスカートを摑んで、操作画面を覗きこんでいた。

ちょっとよそ行きを着て、編みこみをした髪にリボンを飾っている。

漏れ聞こえた話からすると、父親は下の子を連れて駐車場へ行き、正面の乗降スペースへ車を回そうとしているらしい。

「わりとおとなしい子みたいですね」

三田川の息子は同じ年頃に、これほど長く、かつ静かに待てなかったという。

「ありがとう。もういい」

冬はスマホゲームに勤《いそ》しみながら言った。元気な姿を確認できれば充分だ。

今日はこのあと、スナシに顔を出す予定だった。楽しい「給食」の日である。

いまから急げば、事務所には十三時過ぎには着けるだろう。

「いやいや、話しかけましょうよ。ゼリーの結果を聞かないと」

生き霊のスイちゃんにゼリーを渡したところまでは、スナシにも報告済みである。

「そうは言っても、状況的に無理だ」

母親が側にいる上に、スイちゃんは冬の声しか知らない。

いま話しかけたら、確実に事案扱いである。

「そんなこと仰《おつしや》らず、なんとかやってみてくださいよ」

三田川はそう言うと、冬の手からスマホを取り上げて床に滑らせた。

百均のプラスチックカバーをつけたスマホが、床を精算機のほうへ滑ってゆく。

「あっ、くそ！」

小道具にするなら、自分のスマホを使いやがれ！

冬は三田川の脇腹に肘を入れてスマホを追った。ヒールの踵《かかと》にぶつかってきたスマホに、スイちゃんの母親が振り向く。

「すいません」

プライバシーを尊重して、少し手前から声をかける。

足元を見遣った母親が、ああ、とスマホを拾い上げた。スイちゃんは母親の陰から冬を窺っていた。知らない大人に警戒する表情だ。

「早くしないと、ドリーが眠っちゃう」

スマホを差し出すスイちゃんの母親が、いたずらっぽく笑った。同じゲームのユーザーなのだろう。

「そこはプラチナプレイヤーなんで」

上位カテゴリーにいるのだと答えると、小さな驚きの声が上がる。スマホを受け取った冬は会釈《えしゃく》して三田川の隣に戻った。

「瀬山さん、尻尾《しっぽ》巻いて戻ったら意味ないじゃないですか」

三田川に肘でつつかれたが、冬は無視してゲームを再開する。

「あっ。よいももにやどの精霊さんの声だ！」

ふいにスイちゃんが叫んだ。驚く冬のもとへ駆けてきて、飛び跳ねる。

「精霊さん、スイちゃんだよ。スイちゃん、いき返ったの！」

「翠恋！」

母親が慌てて振り向いた。精算機と見比べ、カードその他をひとまとめにすると、スイちゃんを冬から引き離しにくる。

「すみません！　翠恋、このお兄さんは精霊さんじゃないのよ」

「精霊さんだよ！　だって精霊さんの声だもん。たすけてくれて、ブランコして、おかし食べたんだもん」

言い張られても、同意は無理である。冬は曖昧《あいまい》に笑うしかなかった。

「よいももナントカというのは――？」

三田川が人なつっこく訊いた。警戒されにくい顔立ちは、こんな時有利だ。

「来月の、幼稚園の発表会の演目なんです。『よいものに宿る精霊』っていう」

「オリジナルですか」

「そうなんです。よいものに宿る精霊の力を借りて、お姫さまが冒険するんですけど」

お姫さま。そうか、あの言葉の意味がやっとわかった。

「プリンセスをやるの？」

冬の問いに、スイちゃんは満面の笑みで応じる。

「うん。えみなちゃんとしゅうかちゃんとじゅりちゃんとやるの」

スイちゃんは公園で踊ってみせたあのポーズを取る。

「だけど精霊さんはうそつき」

スイちゃんがいきなり口を尖《とが》らせ、これには母親も冬たちも驚いた。

「翠恋」

「だって精霊さん、いっしょ行けないっていったのについてきたよ。こっちだよがんばれっていってくれたよ」

どういうことだ？

冬は顔をこわばらせた。自分はあの日、ゼリーを手に駆け出したスイちゃんを見送り、病院を後にしている。

「それにね、ゼリー、おきたらなくなってたの。ママとたべられなかった」

「食べられなかったのか」

うっかりそう応じてしまう。

「翠恋、いい加減にしなさい」

声を強めた母親が、恐縮しながら早口に説明する。

「すみません。この子、つい最近まで事故で意識不明だったんです。その間、夢を見ていたみたいでヘンなことばかり言うようになって──」

「だって本当だもん。スイちゃん、精霊さんにまほうのゼリーもらったの」

「だからなんども言ってるでしょう」

うんざり顔の母親が腰に手を当てる。

「いや、大丈夫です。ご回復されてよかったです」

この場から立ち去ったほうがよさそうだと、冬は話を切り上げた。

「本当に失礼ばかりすみません」

「気にしないでください。発表会、がんばってね」

スイちゃんに声をかけたが、涙目のスイちゃんはそっぽを向いた。

誰も信じてくれない。あれは夢なんかじゃないのに。

そう思っているのが痛々しいほど伝わってきたが、冬は母親に目礼してロビーを離れた。

正面玄関に向かいながら、三田川が小声で言う。

「任務失敗」

「だから。もともと無理があるだろうが」

物騒な昨今、初対面の親子を相手に「よいももにやど」の真相が判明しただけでも奇跡に近い。

「っていうよりあんた、『よいももにやど』がオリジナルだって、よくわかったな」

冬は古典的な児童書のタイトルかと思っていた。

「そりゃ、もう大きくなったとはいえ、いちおう一人育ててますからね」

それなりの読み聞かせはした、ということだろう。

大きく開いた正面玄関を抜け、バス乗り場へと向かう。

硝子《がらす》越しに見える入退院ロビーでは、下唇を突きだしたスイちゃんが椅子で足をぶらつかせていた。

「せめて、秘密の合い言葉でも言ってやればよかったですねぇ」

同情する三田川に、冬はため息をついた。

「――あのな。参考までに訊きたいんだが、あんたはあの一瞬で、四歳児に理解でき、かつ保護者の不審を買わない言葉をセレクトできるのか？」

「無理ですね」

断言するくせに、他人には無茶振りしてくる神経がわからない。

「どっちにしろ、俺はなにも言わなかったよ」

「視える人なのにですか?」

「だからこそだ。ああいう体験は早く忘れて、日常に戻るほうがいいんだよ」

「そういうもんですかねぇ」

三田川は最寄り駅行きのバスの列に並んだ。

「ところで、ひとつ訊いてもいいですか。瀬山さんって、ドッペルゲンガーも出せるとか?」

突拍子もない質問の出所は、スイちゃんの訴えからきている。

病棟には入れないと言ったのに、ついてきた。こっちだよ頑張れって言ってくれた。

しかし冬は「病棟入り口まで送った」と報告を入れている。その食い違いを埋めるため、三田川は『スイちゃんを案内したのは冬のドッペルゲンガーである』と仮説を立てたのだろう。

「時々、あんたのその賢《さか》しさがウザいよ」

諦めにも似た悪態をついたのは、きっと魔がさしたからだ。

ため息を逃がした冬は、停留所の時刻表を眺めやるフリをして、答えた。

「――事故で死んだ兄貴だ」

三田川が目を丸くする。

「スイレンちゃんを病棟内で励ましたのがですか？」

「ああ」

もっと言えば、冬にハラシマさんの家族になりすますよう指示したのもだ。

香子と行った水族館で会ったのも、白恵と行った渋谷《しぶや》で声をかけてきたのも。

ハルト。

バスがウインカー警報音を鳴らしながら停留所に入ってくる。三田川はそれ以上はなにも訊かず、運賃を二人分払って乗車した。

チーズとハムのサンドイッチ
ブロッコリーとプチトマト
卵焼き
スナシの自席で弁当箱の蓋を開けると、それらがちんまりと並んでいた。サンドイッチは丸くくりぬかれて、ハムで作った髪と目が貼りつけられている。プチトマトには風船の紐《ひも》をかたどったピックが刺され、卵焼きは星形だ。

「キャラ弁?」

テレビなどで紹介されるものよりもだいぶ素朴《そぼく》だが、その系列には違いない。

「うち、メニューは奥さん任せなんですよ」

よくわからないが、宣言した三田川は誇らしそうである。

「それはかまわん。作ってもらって文句を言うつもりもないが——少なくないか?」

サンドイッチは茶筒の蓋サイズのものが二つ。トマトとブロッコリーは一つずつ。

卵焼きは三切れ。——さみしすぎる。

「おそらくですが。うちの奥さん、スイちゃんの件を話したので『幼稚園モード』になってしまったんだと思うんですよ」

そういうのはメニューだけで、量は据《す》え置いてほしい。

「この星形って、どうやって作っているの?」

卵焼きを箸《はし》でつまんだ花純は不思議そうにしている。

「普通にだし巻き状のものを作って、型に嵌《は》めて冷ますんです」

子どもが幼稚園に通っていた当時の器具に、再登場願ったのだそうだ。

弁当の話題が一段落したところで、冬は切り出した。

「報告してもいいか？　ゼリーの件だが、前に言ってたような話にはならなかった」

「スイレンちゃん、渡せなかったそうです。目が醒めたらゼリーが消えていたとかで。本物のゼリーを持っていったのにと思うと、不思議ですよね。どういう説明になるんですかね」

三田川に訊かれても、冬にはわからない。

「別に俺は、生死の狭間の理屈を知っているわけじゃないから」

「だったら、スイレンちゃんの意識が戻ったどさくさで、どこかに行ってしまった。なんてこともありえますよね」

三田川はなんとかして論理づけたいようだが、答えようがない。

「その話だけれど、もういいわ」

花純の言葉に、冬は驚いた。

「いいって。だって、今回はそれが知りたかったんだろう？」

「あの時はそうだったけれど、途中で根本が変わってしまったもの」

指摘を受けて思い出した。そう、スイちゃんは死者ではなかったのだ。

その時点で、花純の興味は失せたのだろう。

「ひとつ訊いてもいいか、羽塔さん。そういう気持ちでいたなら、俺たちは今朝病院に出向く必要もなかったと思うんだが」

冬は大事なスマホを床に滑らされた。あやうく壊されるところだったのである。

「そうなのだけれど。スイレンちゃんが元気かが、気になったの」

もの凄《すご》く意外な発言を聞いたと思った。花純が誰かを気遣うなんて。

「元気そうに見えたよ。しばらくはあれこれ思い出すだろうが、そのうち、元通りになっていくだろう」

「Rest In Peace」

花純の出し抜けの言葉に、冬は目を剝いた。そのぎょっとした視線を受け、花純が微笑《ほほえ》む。

「今回は、そう言わずに済んでよかったなって」

「他人の不幸な人生と死に様を知りたがってるあんたが？」

つい皮肉を言ってしまった。わざとなのかなんなのか、誤解を招くような表現をする花純が腹立たしい。

「生きているから、やり直せることもあるんだなとわかったのよ。スイレンちゃんはこれからだって、お母さんとゼリーを食べることができるわ」

二度ゼリーを失っても、三度目がある。

「あんたにとっちゃ、世紀の発見みたいだな」

「そうなの」

否定の気配すらないあたりが、なんとも花純らしい。

また一歩人間に近づいたな、と皮肉を言ってみたくなる。それすら華麗に聞き流されそうだが。

そんなことを考えていた冬の耳に、ある音が聞こえ始めた。

駆けていく軽やかな靴音。はずむ鞄。鞄の中で楽しげな音を立てている紙箱。

トンコトンコ、トンコトンコ
音に引きずられるようにイメージが視えた。モスグリーンの制服を着た女の子が、黄色い鞄を斜めがけして息を切らせている。

花純に関連するものだと直感した。一気に神経がざわつく。頭痛の予感に気づかないふりをした冬は、花純を見つめる。

花純は微笑んだ。

ひとつ訊いていいか、羽塔さん。

冬はそう問いかけたいのをこらえるために、ゆっくりとサンドイッチを頬ばった。

——紅白まんじゅうを持って、駆けていったのは誰なんだ?
サンドイッチは、ほんのりとマヨネーズの味がした。

第4話

Kashi Bukken Room Hopper

坂の上3丁目　1972番地

リビングの雨戸《あまど》を開けると、窓から伸びた光の帯を避けるように黒く蠢《うごめ》くモノたちが一斉に後ずさった。

まるでフナムシだ。

ズザザザ――という音が聞こえるような生々しさに、冬《ふゆ》は身震いする。

もちろんいまのは、フナムシなどではない。断じて。

「すいません。五年ほど空き家だったんで埃《ほこり》っぽいかも」

大家の男性が恐縮した。その横顔を、鼻先が触れそうな位置から苛《いら》ついた表情の中年男性がねめつけている。

白茶けたフローリングの床には、膝《ひざ》を抱えて顔を伏せた若い女性。

ドアの陰《かげ》から覗《のぞ》いていた四、五歳の男児は目が合うと、慌《あわ》てて二階に駆けていく。

階段を上がる足音は、その場にいた誰もに聞こえた。

いわゆる「零感《れいかん》」の三田川《みたがわ》までもが、驚きに顔を上げる。

「瀬山《せやま》さん、いまのって――」

声をはずませた三田川とは対照的に、大家が肩を落とした。

「やっぱり、この家って『いる』んですね。そりゃ、店子《たなこ》の回転が早いはずだ」

いる、なんてものじゃないからな。

　ここ、十二畳ほどのリビングだけでも複数の死者が確認できる。リビングの北側にある襖《ふすま》で隔《へだ》てられた和室とおぼしき部屋にも、二階にも気配があるうえに、よくわからないフナムシ様のモノまで棲《す》んでいる。

「この家で亡くなったのは何人です？」

　冬が訊《たず》ねると、大家はなんとなく辺りを見回してから言った。

「二人です。まず、わたしの遠縁が病死しまして、いえ、これは入院先で亡くなったんですが――、その後貸し出してから、店子が二人」

　リビングの死者に、その該当者《がいとうしゃ》はいないようである。

「お二方とも病死ですか？」

　三田川の問いに、大家はなんとも言えない表情を浮かべた。

「いやぁ。一人は心筋梗塞《しんきんこうそく》ですから、これは病死でしょうが、もう一人は自分で……」

　冬は庭に注意を引かれた。

「ふむ。外ですか」

　三田川のつぶやきに、顔色を変えて口をつぐんだ大家が認めた。

「昔、そこにカーポートがあったんですよ。そこの梁《はり》をね……」

　そのことを思い出すのが嫌で、カーポートは事件後に撤去《てっきょ》したという。

大家はほとほと困り果てたという口調でぼやいた。

「まいったな。ここ、築年数のわりに傷《いた》んでないから、また貸したいんですよねぇ」

乾燥しきってささくれの目立つフローリングに、結露《けつろ》でめくれた壁紙。

――大家と冬とでは、「傷んでない」の基準が違うようである。

「どうですかねぇ？　貸すと、トラブルになりそうですか？」

もちろん告知はしますすよ。できればリフォームも。

「お祓《はら》いも追加したほうがいいでしょうね」

冬のアドバイスに、大家は不安そうに自身の腕をさする。

「そんなにひどいんですか？」

「手近なところで、髪を横わけにした中年の男性が、あなたに抗議してます」

辺りを見回す大家に、冬はその男性の姿を描写した。

「丸顔で眼鏡。髪は短いですね。そういった方に心当たりは？」

「いえ。まったく」

「この家で亡くなった方に、恨まれているようなことも？」

「ないです。と思います」

「だとすれば、彼はここに誰かが住むのを歓迎してないんだと思いますよ」

冬、三田川、大家と三人いる中で、男性は初めから大家だけに怒りを向けている。決定権が誰にあるのかを、承知しているわけだ。

ホウライエソ、と冬は連想した。ぬめっとした黒い霧《きり》状のものに取り巻かれた姿と歯を剝《む》いたその表情が、そっくりである。

「どうにかできませんか？」

懇願されたって不可能だ。冬は霊能者ではない。

「ちゃんとその筋の方に視《み》てもらってください」

「でもほら、そういう方って、かかるじゃないですか」

お金が。

そりゃそうだろうと冬は呆《あき》れた。素人《しろうと》の手に負えないものを請け負うからプロなのだ。技術や能力を、なぜただで利用させてもらえると思えるのだ。

「まあ、とりあえずうちの瀬山でも、視たり聞いたりはできますから」

勝手なことを言い出す三田川に、大家も気安くうなずいた。

「ああ、だったらなんとかなりますか」

「なんとかなんて、なるわけないだろうが」

冬の声は玄関ドアを叩く音に遮《さえぎ》られた。「どうぞー」と大家でもないのに三田川が応じると、いつぞやの引っ越し屋が見覚えのある冬の家財を運び入れ始める。

「ああ。じゃあ、わたしはこれで」

それをきっかけに、大家は玄関でそそくさと靴を履いた。

「あとのことはすべて、そちら任せでお願いします」

顎《あご》が落ちるようなことを言い置いて、一軒家を後にする。

呆然《ぼうぜん》としかけた冬は、我に返って三田川に詰め寄った。

「おい。俺は本当にここに住むのか？」

抗議しているのは冬だけではない。先刻、大家を威嚇《いかく》していた中年男性もである。

「もちろんですとも。というか瀬山さんあなた、あれほどあぐみ荘から越したがっていたでしょう？」

三田川は満面の笑みだ。丸めこもうとしているのが、わかりすぎるほどにわかる。

「俺の転居希望物件の条件は、上方修正オンリーだ」

「上方修正ですよ？　あぐみ荘は築四十五年の１ＤＫ、こちらは築十八年の４ＬＤＫ」

「そんなものじゃ補《おぎな》いきれない、この凄《すさ》まじい超心理学的瑕疵《かし》を無視しろと？」

「そりゃあ、あなたはルームホッパーですから」

幽霊在住物件専門の。そう断言した三田川は、だめ押しに続けた。

「ビジネスですよ。業務命令です」

「寝具《しんぐ》、どうしましょうか？」

引っ越し屋が訊《き》いた。三田川に――というのが腹立たしい。

今回は間取りに比べて家財が少なすぎるため、これまでのようなそっくり移送した配置にはできなそうである。

「瀬山さん、寝室は二階でいいですか？」

「だっ、やめろ。二階は駄目だ。布団も家具もその辺においてくれ」

「ですけど、ここってリビングですよ？」

不満げに口を尖《とが》らせられると、怒鳴り散らしたくなる。

この家で、一番マシそうな雰囲気の部屋がここなんだ！

「でしたら。せめて隣が和室ですから、万年床はそこに――」

「ここでいい！　ここにしてくれ！　ここがいい！」

「わかりましたよ」

絶叫にしぶしぶ三田川が折れると、引っ越し屋たちはリビングをワンルームに見立てて冬の部屋の再現を始めた。

パン、と空気が鳴った。抗議のラップ音である。

「けっこうヤバそうですねぇ」

ああ、あんたは自分が住むわけじゃないから呑気《のんき》でいいよな。

のほほんと感想を述べる三田川に殺意が湧き、明かさずにはいられなくなる。

「この瞬間もあんた、真横からイキられてるぞ」

「横って、どっちからですか？」

「左」

興味津々《しんしん》の表情で三田川は振り向く。至近距離から「これでもか」と首を曲げてにらみあげてくる男との構図は、ある意味シュールだ。

「視えないって、つまんないですね」

自身の肩を揉《も》みながら、三田川が言う。ああそうだなつまらんな、と冬は毒を吐きたくなる。あんたのその肩こりは、足下から凄まじいいきおいで這《は》い上っているフナムシ様のソレのせいなんだが？

なかなかおぞましい光景に負け、冬は引っ越し屋の解《ほど》いた荷物からタッパーを選び出した。ミルクもやし調理用のそれをひとつかみ、三田川に投げつける。

ジャッ、と熱した油に水を垂らしたような音がした。居合わせた全員が聞いた。

引っ越し屋の作業員たちが、半泣きの表情になる。

「帰り、コンビニでいいんで塩買って、振ってください」

それだけで作業員のリーダーは察したようで、表情を引き締めてうなずく。

「三田川さんも早く帰れよ」

「そのことなんですが」

三田川はスーツの肩から塩を払いながら、遠慮がちに切り出してきた。

「これって、たとえば朝までとかいたらスリリングなことになります?」

怖いもの見たさで泊まりたいとか言ってるのか? この状況で?

「俺があんたのことを、羽塔花純《うとうかすみ》に報告するはめになるかもな」

最悪死ぬぞ、と脅《おど》したのは伝わったらしい。三田川は古いタイプのシリンダーキーを折りたたみ座卓に置いた。ついているキーホルダーに冬は顔をしかめそうになる。

みっちり、念が籠《こ》もっていやがる。

「鍵、ここに置きます。それから、ライフラインの開設は手配しておきますから」

帰るそぶりを見せたので、冬は釘《くぎ》を刺しておく。

「三田川さん、あんたもスナシに入る前に塩だ」

「もちろん、抜かりません」

おどけて敬礼してみせた三田川は、ふと真顔になった。

「それじゃあ、瀬山さん。金曜日まで、どうぞお元気で……」

今生《こんじょう》の別れみたいな顔しやがって。

三田川を見送った冬は、むっとして玄関ドアを閉めた。

靴を脱いで上がろうとすると、目の前にホウライエソ——略してホ氏の顔があった。カッと目を見開き、口を半開きにした威嚇顔だ。

冬は相手にせずリビングに戻った。塩を撒《ま》いた効果なのか、フナムシ様のものはほぼ消えている。折りたたみ座卓の縁をしつこく這っていた一匹は、爪《つめ》ではじき飛ばす。

とんでもない家だな。

こんな所で暮らして、はたして無事でいられるのか。

不安はあるが、三田川の言うように冬はルームホッパーだった。死者のいる瑕疵物件を渡り住み、死者からその最期《さいご》の瞬間を聞き出すのが仕事なのである。

それはまあ、おいおい考えるとして。

まだ陽射《ひざ》しは高かったが、冬はせんべい布団をめくった。掛布にくるまりながらスマホのゲームを起動させる。愛用するゲームのうちの一つで、イベントが始まっている。

イベントの説明画面をタップしていると、至近距離に視線を感じた。ホ氏だ。背を向けると、今度は目の前で女性が膝を抱えている。

布団の天地を変えると、部屋の角に立っている男性の足らしきものが視える。ならばと起きあがれば、うっすら開いたドアから、二階へ逃げた子どもが覗いている。

——狭い。

嫌な予感しかしなかったが、冬は和室とを隔てる襖を開けてみた。ざわざわと蠢くフナムシに加え、老人の気配がする。

二階は、と動かした視線の先にホ氏が現れた。鬱陶《うっとう》しいので、視線を逸《そ》らす。

ゲームに戻ろうとしたが、ホ氏の熱い監視に加え、外からの異音で集中できない。

カン。カン。カン。カン。カン——

こもったその音は、金属になにかがぶつかっているようだ。

掃《は》きだし窓に近づいた冬は、カーテンをめくって様子を窺《うかが》った。

さほど広くない庭は、色褪《あ》せたコンクリートで覆《おお》われていた。ひび割れの間から雑草がちょぼちょぼと頭を覗かせている。

かつてカーポートの支柱があった場所に、六十代とおぼしき男性が立っていた。宙でなにかを放り投げている。

ロープだと気づいた。梁にかけようとしているが上手《うま》くいかず、ぶつかるたびにカン。カンとこもった音がしていたようである。

目を凝《こ》らすと、現実に重なるように過去の風景が視えた。男性はカーポートの真下に立ち、踏み台の上でロープを手にしている。

冬は肚《はら》を決めた。座卓から鍵を取り、キーホルダーを外す。いつのものなのか、おそろしく古いデザインである。すでに塗装は剝げ、鈴も潰《つぶ》れかけている。

それを持って掃きだし窓を開けた。硬化したサンダルを突っかけて庭に降りる。

その間に、男性はカーポートの梁にロープをかけることに成功していた。輪を結び、怒りと困惑がない交ぜになった表情で、ロープを見つめている。

スーツの色と白いワイシャツの取り合わせが、鱈《たら》を連想させる。

だから、彼は鱈氏だ。

「これ、あなたのじゃないですか?」

冬は鱈氏にキーホルダーを差し出した。

「邪魔をしないでくれ。わたしは、これからやることがあるんだ」

冬を押しのけるようなしぐさをした鱈氏は、唇を嚙《か》んで輪を摑《つか》んだ。次の動作を見せつけられるのは、さすがに寝覚めが悪い。冬はその前にと素早く訊いた。

「繰り返して、なにか意味が？」

「やらなければならないことなんだ。どうしてもやり遂げなければならないんだよ」

「自殺なら、あなたはやり遂げましたよ」

その指摘に、鱈氏がはっと顔を上げた。夢から醒《さ》めた顔だった。

「あなたは、もう死んでるんです」

念を押してやると、鱈氏は呆然と辺りを見回した。

「いまは、いつなんだ……？」

「亡くなって、おそらく五年は経《た》っているはずです」

「わたしは――きちんと死ねたのか？」

「こちらの大家がカーポートを撤去したのは、あなたが原因だそうですから」

「そうか。それは悪いことをしてしまった」

つぶやいた男性は、なにかを思い出したようだった。

「家内と子どもたちはどうしている？」

「――追いだしたのでは？」

鱈氏の過去の断片が冬には視えた。瞬《また》いた鱈氏は、思い出したのかうなだれた。

「ああ、そうだった。離婚したんだったな」

誘われるままに儲《もう》け話に乗って失敗し、借金で自宅を手放してここに移ってきた。

その後、鱈氏は酒に溺《おぼ》れ、妻子はほぼ身一つで逃げだしている。鱈氏の死後、親族の渋々出した葬儀にも姿を見せていないようだった。

冬は鱈氏の手にキーホルダーを握らせた。

「このキーホルダーは、あなたの死後も家の鍵につけられていたんですが、お返しします。子どもたちからのプレゼントでしょう?」

鱈氏は、握らされたそれを長いこと見つめてから肯定《こうてい》した。

「そう、そうだ。マユとショウが、サマーキャンプ土産《みやげ》に買ってきてくれて……」

鱈氏の中で迸《ほとばし》るようによみがえった記憶を、冬は視た。

真っ黒に日焼けした姉弟《きょうだい》が、小さな紙袋を差し出して笑っている。

『ねえちゃんと俺で五百円しか残らなくって、このダサいのしか買えなかった!』

『ちょっと、ショウ! 人に渡すものにそういうこと言わないの』

『だって、これ本当にダサいじゃん』

姉弟の言い合いを聞きながら、若かりし日の鱈氏は紙袋を開ける。転がり出たキーホルダーは、いったいいつの時代のものかというセンスだ。

きっと、遙か昔の売れ残りに違いない。

『たしかに、ダサいな』

つい同意した鱒氏は噴き出した。つられて息子が笑い出すと止まらなくなる。

呆れ顔の娘をよそに、息子と腹を抱えて笑ったあと、鱒氏は自宅の鍵をそのキーホルダーに付け替えた。

『ありがとう。マユ、ショウ。お父さん、大事にするな』

「……」

鱒氏は、両手で固くキーホルダーを握った。その手を額《ひたい》に押しつける。

「そのキーホルダーには、あなたの家族の記憶が染みこんでます。単刀直入で申し訳ないですが、こういうものがあると、落ち着かないんですよ」

「これを持って出て行ってくれ、ということですか」

沈黙を肯定と受け取った鱒氏が動揺を見せる。

「そう言われても。わたしにはもう、ここしか家はないんだ」

鱒氏の言葉で、冬は死者が土地に自縛される理由を垣間《かいま》見た気がした。

「死の瞬間、心の拠《よ》った場所がここだっただけですよ。あなたはどこへでも行ける」

「しかし。自殺者は、本来の寿命まで召されず苦しむのだろう?」

「成仏《じょうぶつ》までに多少時間はかかるようですが、別に、ここにとどまる理由はないでしょう？　もともと、たまたま選んだ家ですよね？」

孤独死のあった心理的瑕疵物件ということで借り手がつかず、戸建てにしては破格の賃料だった。金銭的に追い詰められていた鱈氏は、一も二もなく飛びついたのである。

「いまのあなたは、大多数からは視えない存在です。もっと思い入れのある場所に移って、そこで過ごすこともできると思いますよ」

たとえば、人手に渡った自宅とか。

鱈氏は困ったような顔で、手のひらのキーホルダーを見つめて訴えた。

「だが、わたしの行きたい場所は『過去』なんだよ」

家族が家族でいられた、皆が笑って一緒に暮らせたあの頃。

自分で手放したんじゃないか。儲け話に乗ったのも、家族の反対に逆上したのも、膨れあがる借金から目を背けるために、酒を飲んで家族を怒鳴りつけたのも鱈氏だ。

その鱈氏が、ふっと寂しげに笑う。

「わたしは、どこで間違えたんだろうな……」

「死者になってから考えたって、意味ないでしょう？」

冬は口を滑《すべ》らせた。さすがに失言だったと、小さく頭を下げる。

「すいません」

「いや。きみの言うとおりだ。いまさらこんなことを言ったってな」

苦い顔で歯を食いしばった鱈氏が、カーポートの梁のあった場所を見上げる。

「間違えたと思ったからこそ、わたしはこうすることを選んだのに」

借金を苦にした自殺じゃないのか？

受け取ったイメージから冬はそう判断していたが、この台詞《せりふ》だとニュアンスが違う。

「自裁は、家族に累《るい》を及ぼさないためだよ」

「それ以前に、家族はサンドバッグじゃないと思いますが」

あれだけ怒鳴り散らし、物に当たってみせておいて。そう非難しかけた冬は、その可能性に気づいた。

「うん。途中からはね、憎まれるように仕向けたんだよ」

冬の問うような眼差《まなざ》しを、鱈氏は肯定した。

「もう、命で贖《あがな》うしかないところまで来ていたからね。正直に話して家族の心に重しをつけるよりも、のたれ死んで当然と思うほうが生きていくのは楽だろう？」

「それはそれで歪《ゆが》みますよ」

謂《いわ》れのない暴力を受けた傷は残る。

「もしきみなら、打ち明けられたほうがよかったかい？」

訊かれ、想像してから首を振る。

「どちらも選べません」

「だろう？　だからわたしは、あの時最善と思えた側を選んだ。すでにさんざん、非道《ひど》いことをしたあとだったしね」

いきなり胸の内を明かして、家族の気持ちを振り回すよりもマシだと考えたのだ。

鱈氏は、キーホルダーを上着の内ポケットに収めた。小さく一つ、息をつく。

「行かれるんですか？」

「そう仕向けておいて、なにを」

苦笑した鱈氏は、ばつの悪い顔をした冬に言葉を継いだ。

「いいんだ。この家に未練はない。どこへでも行けるというのなら、そうだな。過去を探してみるよ」

どうやって？　それともいまのは、比喩《ひゆ》表現なのだろうか。

「ご家族のもとへは？」

「合わす顔がなさすぎてね」

「見つかる心配がなくても？」

「わたしが幽霊だからかい？　――やめておくよ。視えないと思えば、視てほしくなってしまう」

　存在に気づかせたくて音を立てたりすれば、いつか家族は、鱈氏が自裁した真の理由に辿《たど》り着いてしまうかもしれない。

　そうなっては、この道を選んだ意味がない。

「さて。それじゃあわたしは行くとしようか」

　会釈《えしゃく》をした鱈氏が一歩踏み出し、驚いたように胸元を見下ろした。

「驚いたね。死んだらなにもなくなるのかと思っていたが、ポケットが温かいよ」

　キーホルダーが。そこに籠もった想い出が。

　冬は鱈氏の胸元に灯《ひ》が点《とも》るのを見た。それはどこか、香子《こうこ》を照らした歌声のそれに似ている。

「ひとつだけ。不躾《ぶしつけ》を承知でお訊きしたい。亡くなる時、――あなたはなにを考えてましたか？」

　冬は訊いた。そもそも、そのために雇われているのである。

　鱈氏は目を瞠《みは》ったが、質問の意図を問い返すことなく応《こた》えた。

「家族のことを。愚《おろ》かだったわたしの最期の決断が、せめて家族の未来を救うことを」

「瀬山さん！　よかった、生きてましたか！」

金曜日の昼にスナシで冬を迎えた三田川が、手放しの喜びようをみせた。

「生きてましたかって、あんたさ」

リュックを自席に放り出しながら、冬は疲れた顔で応じた。

「普通そこまで気を揉むなら、連絡の一つくらいよこすものだと思うんだが」

「そのつもりだったんですが」

下がり眉をさらに下げた三田川が、面目なさそうな顔をする。

「あの夜、帰宅後に高熱を出しまして」

「引っ越し屋さんにも、体調を崩した方が出たそうなの」

二人の報告に、冬は顔をこわばらせた。

「三田川さん、お祓いは」

「次の日、神社まで這っていきましたよ。念のため、家族も連れて」

それで熱は下がったが、その後二日間寝込んだという。

「ちなみにその二日間、あんたはなにしてたんだ？」

冬は厭味《いやみ》をこめて花純に訊いた。

「わたしなら、ここに座っていたわ」

「二日間？　ずっと？」

冗談だろうと思って訊いたが、微笑《ほほえ》まれると自信がぐらつく。なにせ、アクアリウム暮らしの花純である。三田川が欠勤だからひねもすぼんやりしていた――というのも、ありそうで怖い。

「三田川さんがその状態なら、俺の安否《あんぴ》も確認したほうがいいとかも考えなかったわけだよな」

「それは三田川さんのお仕事だもの」

「ああ、そう言うと思ったよ」

投げやりに応じた冬をよそに、三田川が昼食の支度を始める。各自の席に弁当を置き、マグカップに即席味噌汁《みそしる》を入れる。

冬は待ちきれずにいそいそと弁当を開いた。豚《ぶた》の生姜《しょうが》焼きが、みっちり詰まった米飯の上にこれでもかと並べられている。『人生の春！』と名付けたいスペシャル弁当だ。

ひそかにガッツポーズを決めた冬に、花純が不思議そうに首を傾《かし》げた。

「ひとつ訊いてもいいかしら。瀬山さんは、なんともないの？」

「四六時中威嚇されているが、まあどうにかかな」

「あら。不思議」

目を瞠って頰《ほお》に手をあてたその顔が癪《しゃく》に障るが、そう言いたくなる気持ちはわかる。ほんの数十分滞在しただけの三田川や引っ越し屋に霊障が出ているのだ。数日暮らしている冬は、瀕死《ひんし》であってもおかしくない。

「説明できそうにもないが、まあ」

味噌汁が配られた。具は茄子《なす》と油揚げだ。フリーズドライで茄子の香ばしさが増し、癖になる美味《うま》さだと思う。

早速食べ始めた冬は、花純に訊いた。

「それはそうと、いったい、あそこはどういう基準で選ばれたんだ」

出社したらまず、その点をきっちり問いただしたいと思っていた。

「選んだわけじゃないのよ。持ちこまれたお仕事。いわゆる『出る』物件なのだけれど、リフォームしてまた貸し出したいので視てもらえないかって」

「その話は俺も大家から聞いたが、視たあとの対策もしてほしい口ぶりだったぞ」

「うちは視るだけなのだけれど」

花純は困惑するが、ああそうとも、冬が視るのだ。

「三田川さん、大家さんからもしそういうお話がきたらお断りして。うちは視るだけ。興味のないことはしないの」

「それはありがたいね」

除霊《じょれい》もお願いね、瀬山さん。などと言われるようになったら、さすがに辞める。

「大家さんとしては入居の実績も作っておきたいのだそうで、しばらくこのまま住み続けてほしいようなんですが。……いけそうですかね？」

三田川が遠慮がちなのは、霊障がきつかったからだろう。

「『しばらく』が、どのくらいかにもよるが」

「大丈夫なの？」

眉をひそめる花純に、冬は窓から空を見上げたくなった。

「あんたが俺を案じるなんて、今日は雪になるのか？」

「ずいぶんな言われよう。でも、さすがに今回は住み続けてねとは言いにくいわ」

「一応、危険な家だと認識したわけか」

「スタッフに被害が出たのだもの」

「だが、本心では言いたい？」

いたずら心から訊いてみると、あっさりうなずきが返った。

「だって識《し》りたいもの」

願望を隠さない辺りが、花純はいっそ清々《すがすが》しい。

「ところで確認したいんだが、俺の仕事はいつもと同じでいいんだよな？」

死者を視る。死者から聞き取る。

「そうよ。わたしはあなたに、それだけしかお願いしてないもの」

「わかってる。確認したいのは数だ。今回は、死者が複数いる」

「それって、髪を横わけにした眼鏡の男性だけじゃないってことですか？」

「そうだ」

肯定すると、三田川がすっとんきょうな声を上げて自身の額を叩いた。

「あっ、ああ——。ですよね、迂闊《うかつ》でした。瀬山さん、大家さんに向かって『手近なところで』って言ってましたもんね」

冬は無意識だったが、たしかに複数であるのが前提の内容だ。しかし三田川は、こういった言葉まで捉《とら》えているわけだ。三田川の敏《さと》さに納得である。

「あの家には、何人の死者がいるの？」

「推定五人。リビングに三人、和室に一人、二階にもおそらく一人」

あとは大量のフナムシである。

「そういえばあの家にいる時、ちょっと肩が重かったんですよね。もしかしてわたし、眼鏡の男性以外の方に、なにかされてました？」

「あんたの肩こりと霊障は、たぶんフナムシにたかられたせいだよ」

「フナムシ？　ムシの霊ですか？」

そんなものにたかられたのかと、三田川が身震いした。

「いや、ただ俺にそう視えるってだけで魂ではない。感情の残滓《ざんし》だろうと思う」

「感情の残滓、ですか」

「人の念は、わりと簡単に飛んだり焼きついたりするからな」

「たとえば、わたしが瀬山さんを呪《のろ》ったとします。そうしたらどうなります？」

三田川が例を挙げた。

「たぶん俺には、嫌な色の靄《もや》に見える。で、それが俺目がけて飛んでくる」

「そういうものの、残り滓《かす》ということ？」と花純。

「ほかにも、大惨事があったような場所には、恐怖や痛みなんかが焼きつけられるんだ。そういうものは次第に剝がれて、ゴミとか落ち葉みたいに風に吹かれて寄せ集まる。そういうものの溜まる場所に、たまたまあの家があるんだろう」

「それらが意思を持っているんですか？」

「さあ、そこまでは。とにかく小さくて黒いものがザワザワと床を這うイメージだったたから、俺の知ってる中で一番近いものをあてはめただけだ」

「なるほど。それはそうと瀬山さん。あの家の在住死者五名の中には、カーポートの男性はいないんですね」

三田川は今度こそ、アンテナをしっかりと張っている。

「出て行ってもらったからな」

「どうして？」

きょとんとした花純に、生姜焼きを頬ばった冬は応じた。

「俺にだって快適な暮らしをする権利はある」

「でも、外でしょう？　気になるの？」

「そりゃあ、何度も梁にロープをかけて、死の瞬間を再現してりゃあな」

「――――」

花純の顔がすっと青ざめた。刺激が強すぎたかと冬は詫《わ》びる。

「悪い」

「いいの。ちょっと驚いただけだから。その人はなぜ、死を繰り返していたの？」

「彼の場合は、死に遂げることで精一杯で、死んだ自覚が生まれなかったんだと思う」

「香子さんの時とは、少し違うのね」

「彼女はこの世から消えることにためらいがなかったんだ」

冬は香子に思いを馳《は》せた。いまごろ、どこであの歌を口ずさんでいるだろうか。

「カーポートの彼は、借金精算のために自裁した。死に様を聞いてきましたよ。死の瞬間、彼は家族のことを考えていた。愚かだった自分の最期の決断が、せめて家族の未来を救うように、と」

「そう」

胸の前で手を握り合わせた花純が頭を垂れて目を閉じる。

自身の記憶をサーチしたらしい三田川が訊いた。

「瀬山さん。わたしがいた時に、二階に駆け上がった足音は軽かったですが――」

「四、五歳の子どもだったが、その子は俺がカーポートから戻った時には消えていた」

「またなぜ？」

冬は肩をすくめた。理由なんて、死者の数だけあるのだから知りようがない。

せっせと生姜焼きを食べていると、飯が見えてきた。醬油《しょうゆ》のような色がついて、黒ごまが振ってある。

炊き込みご飯？　焼きめし？　と判じかねていると、三田川が解説した。

「うちは生姜焼きのタレが自家製なので、多めに作って、それでご飯を炒《いた》めるんです」

箸《はし》が進む。

三田川家ではこれを『ピギーライス』と呼ぶそうだ。甘辛いタレに生姜が効いていて、
とうとう弁当箱を持ち上げて掻《か》きこみ始めた冬とは反対に、花純は動きを止めていた。

「大丈夫か?」

声をかけてみたが、聞こえていないようだった。まるでバッテリー切れのアンドロイドだ。そういうパントマイムであるなら、かなり上手いと言える。

「現実的な話、全員から聞き取りができるかは微妙なんだ」

先に、三田川に話を通しておこうと冬は決めた。花純は気がかりだが、三田川の対応を参考に、緊急事態ではなさそうだと判断してのことである。

「まず、リビングの三人だが、威嚇してきた眼鏡は怒りに支配されていて話が通じそうにない。残る二人のうち女性のほうは、殻《から》に閉じこもってしまっている。もう一人は足だけ視える男性なんだが、もう残像に近いようなんだ」

「となると、コンタクトできそうなのは和室と二階の死者ですかね」

「トライしてみないと、なんとも言えないが」

「ハードル、高そうですね」

まだ動いていない理由を、三田川は準備のためだと解釈したらしい。言うまい、と冬は

思った。この三日間、ゲームのイベントのほうを優先していたのだとは。

「コンタクトできない相手に関しては、瀬山さんが視えたものを報告するのでいいんじゃないでしょうか」

考えながら三田川が言った。

「なにかそれらしいものが視える場合は、そうするよ」

「面白いもんですね。生者と死者の垣根は、あるようでないようであるようでないようであるようでないようで」

「しつこい」

一喝《いっかつ》したが三田川は止まらなかった。苛立った冬は、言葉を重ねようとしてぎょっとした。席を立つ。

「三田川さん?」

一瞬前まで普通に話していた三田川が、いまや顔を真っ白にして震えている。壊れた機械のように繰り返している言葉からも、次第に抑揚《よくよう》がなくなっていく。

「あるようでないようであるようデナイヨウデアルヨウデナイ――」

この急変はなんだ? 目を凝らした冬は、三田川の耳たぶからなにかが滴《したた》るように落ちるのを視た。

黒いフナムシ！

「三田川さん！　あんた、神社行ったんじゃないのか？」

怒鳴った冬を、小刻みに震えながら三田川が見た。目に怯《おび》えがある。

「行ったんだな？　嘘《うそ》じゃなく、きちんとお祓いもしてもらった？」

そうだ、と訴える眼差しを冬は信じた。

じゃあ、こいつらはどこから？

その時冬は、あることを思い出した。俺はお祓いをしていない。

スナシに入る際に、塩を振っていない。

失態に、耳の奥がキンとした。おそるおそる自身を見下ろして全身が冷たくなった。

俺だ。

冬のブルゾンのポケットから、無数のフナムシが這い出していた。家からずっとゲームに気を取られていた冬は、注意さえ払わなかった。霊障を受けないことから、無感覚になっていた。

その結果がこれだ。

ブルゾンを脱いだ冬は三田川に飛びついて、片端からフナムシを払い落とした。

「塩！　三田川さん、塩あるか？　酒でもいい！」

かすれた悲鳴のようなものを漏らしながら、三田川が眉根を寄せる。簡易キッチンには、どちらもないのだ。

「羽塔さん！　羽塔花純！　塩！」

声を振り絞ると、夢から醒めたように花純が身じろぎした。目の焦点が合い、目の前の二人の様子に息を呑《の》む。

「三田川さんにフナムシが憑《つ》いてるんだ。塩か酒がいる！」

「そんなものないわ」

「自宅ならあるだろう？　ドアの奥」

「ないのよ」

繰り返されて絶句する。赤貧《せきひん》の冬でも常備しているというのに。

だが、それは冬が料理をするからだ。

すべてを外注にしている花純には、必要がない。

スナシから一番近いコンビニを冬は思い浮かべた。そこまで買いに走るとどのくらいかかるだろうか。七分？　十分？

「三田川さん、歩けますか？」

連れていくほうが時間の短縮にならないだろうかと訊いてみる。三田川は泣き顔になった。とても無理なのだろう。

「すみません、俺の責任だ。いま塩を買ってくるから、なんとか耐えてください」

するとフナムシが、まるで冬を嘲笑《あざわら》うかのように爆発的に数を増やした。三田川の下半身が、完全に覆われる。

ふいにボス机の奥のドアが開いた。花純が飛び出してくる。

いつの間に席を離れていたのか。

花純はダチョウの卵ほどの大きさの、淡い夕焼け色の塊《かたまり》を手にしていた。その先には白いコードが伸びている。

プラグ？ 白いコードの先の二股《ふたまた》に冬が訝《いぶか》った瞬間、その塊が飛んできた。三田川の鎖骨《さこつ》の左下に命中する。

重く鈍い音に、三田川が息を詰まらせる。

とっさに落とすまいとした三田川が、その塊を抱えこんだまま床に尻を落とす。バッと水蒸気のようなものが上がった。フナムシが霧散《むさん》する。

「ああ――」

ため息をもらした三田川が床に倒れた。

「三田川さん！」

抱え起こすと、額に脂汗《あぶら》を浮かせた三田川がどうにか笑ってみせる。

「反省しましたよ、わたし。もう遊び半分に霊障にあってみたいなんて考えません」

「そうしてください。本当に」

三田川がどうにか助かった。ほっとした冬は、繰り返しうなずいた。

「っていうか、羽塔さん。なにを投げてくださったんです？」

三田川が鎖骨の下をさする。

「お塩。岩塩よ」

顔をこわばらせたままの花純が答えた。台座とコンセント付きということは、ランプだろう。

「お清めに岩塩を、しかもランプを投げるのはあんたくらいだよ」

口ではそう言ったが、これがなかったらどうなっていたか。

「だって、うちにあった唯一のお塩がこれなの」

「その存在を思い出してくれて助かったよ。ありがとうございました」

花純に深々と頭を下げた冬は、三田川からランプを受け取るとコンセントにさした。

スイッチを入れると、懐かしく感じるやわらかな色の光が灯《とも》る。

床で蠢いていたフナムシたちが一気に退《ひ》いた。これも塩の力なのだろうか。

「これ、貸しておいてください。しばらく点《つ》けておいたほうが、安全だと思う」

「そうして」

「瀬山さん、すいません。お水を取ってもらってもいいですか?」

冬は簡易キッチンでグラスに水を汲《く》んできた。飲み干した三田川が顔をしかめる。

「頭が死ぬほど痛いです」

「すみません。後遺症です」

「瀬山さんが連れてきちゃったんですか」

「ほかには考えられないから、そうだと思います」

油断した自分が、恥ずかしく悔しかった。

「瀬山さんのほうは平気なんですね。それはよかった」

「よくないです。よくない!」

声を荒らげた冬は、我に返って口をつぐんだ。

「今日はもう、帰ったほうがいいと思います。また熱が出るかもしれない」

「またお祓いして、ですよね」

冬は唇を嚙みしめる。

「羽塔さん、今日、抜けても大丈夫ですか」

「そのほうが心配ないから、ゆっくり身体《からだ》を休めて」

「送ります」

冬は三田川が身支度している間に、食べ終えた弁当箱をすすいだ。三田川の荷物は引き受ける。大きめのナイロン製肩掛け鞄《かばん》を手に、自分のリュックを背負う。

スナシを出る前にもう一度、冬は花純に頭を下げた。


お祓いは午後の最終受付に間に合い、受けることができた。

念のためと促《うなが》され、迷った末に冬も靴を脱いだ。あの場にいたのは花純も同じである。けれど花純は、ここに来ることができない。

責任は冬にあるのに、自分だけ守られるようで気が引けたのだ。だが三田川に言われて意見が変わった。

『瀬山さんがお祓いしなかったことで、羽塔さんが危険にさらされるほうが問題ですから』

お祓いを済ませた冬たちは、三田川の自宅に向かった。杉並《すぎなみ》区の人気エリアの、駅から徒歩三十分のハイツである。

三階の部屋につく頃には、三田川は発熱していた。お祓いの効果か前回よりも熱の上がり方がゆるやかだというが、それでも申し訳なさでいっぱいになる。

部屋の中からは、料理のいい匂いが漂っていた。これが家族の夕食や、冬の弁当になるのだろう。

「奥さんに、挨拶《あいさつ》を」

せっかくの機会だ。弁当の礼も言いたい、今回の詫びもしたい。

申し出たが、三田川は首を振った。

「料理中は出てきませんから。それに、瀬山さんの気持ちは、いつも伝わってますので大丈夫」

毎回、弁当箱は軽く洗って返しているのに？

「なんとなくわかるものみたいですよ」

三田川は受け取った鞄から鍵を出すと施錠《せじょう》を外した。

「本当にすいませんでした」

「いやいや。あそこに三人でいて、なんでわたしだけなのかがミステリーですが。――それじゃあまた、月曜日に」

三田川の気配が玄関から離れるのを、外廊下の冬は待った。無理がたたってその場で倒れるのではないかと、気が気でなかったのである。

幸い、驚いたような女性の声と、答える三田川らしき声が不明瞭に聞こえてきた。とりあえず室内までは、無事辿り着けたらしい。

わずかな安堵《あんど》を胸に、冬はハイツを後にする。

両手をポケットにつっこみ、駅まで歩く。道すがら、抑えつけていた怒りがふつふつと腹の中でたぎった。

すれ違う人にぶつかりそうになり、腹立ち紛れに舌打ちする。

前回も今回も、三田川が狙われたことに納得がいかない。たしかに、冬をあの家に案内したのは三田川だ。ついでに言うなら、冬が暮らせるように家具を配置したのは引っ越し屋。つまり手引きした相手に霊障が向かうのだと仮定もできるが、現在暮らしているのは冬である。

文句があるなら、俺にしろ。

一言、そう言ってやらねば気が済まない。

電車を乗り継いだ冬は、坂《さか》の上《うえ》三丁目に辿り着いた。区画整理されて数十年経過した、どこにでもある住宅街だ。

一九七二番地の前で冬は立ち止まる。あらためて眺めてみると、敷地の空気は明らかによどんでいた。悪いものの溜まりやすい、そういう土地なのだろう。そこへ死者がとどまっている。外観もどこか冷たい雰囲気で人を寄せつけなかった。

それでもこの家を借りようと思うのは、選ぶ余裕のない人間だろう。

そんなことを考えながら玄関の鍵を開けると、施錠が外れた直後に中からガチャリと音がした。

どうやら、中から鍵をかけ直されたらしい。

二度目はさせるかと、鍵を回した瞬間ドアを開けた。はたして立っていたのはホ氏だった。憤怒《ふんぬ》の表情でぐいと顔を突き出してくる。

まるで因縁をつけてくるチンピラだ。

これまで、冬はホ氏の挑発には乗らずにきた。どんなに威嚇されつきまとわれても、そこにいないかのように振る舞っていた。

そのホ氏を、初めて冬は見つめ返す。

ホ氏の眼鏡の奥のぎらつく両目はすべて闇色《やみ》で、開けてみせた口の中には尖った歯が並んでいた。まさにホウライエソである。

「どけよ」

上がるのを阻《はば》むホ氏に冬は言った。突き飛ばしたい気持ちを露《あらわ》にしてみせる。

家のあちこちから、渾身《こんしん》の力を籠めて窓を叩いたような音が聞こえた。次いで、地響きのような振動。どちらも抗議のラップ音だろう。

和室からはフナムシが押し寄せてくる。今朝までは寄りつこうともしなかったのがと思うと、さらに苛立ちが強くなる。

こうやって、初めから俺に来ればいいものを。

ホ氏は冬をねめつけている。だが手は出さない。それはこの数日でわかっていた。理由もだ。

だから冬は言った。自分からぎりぎりまでホ氏に顔を近づける。

「アホか」

ホ氏の隙《すき》を突く形で、冬は家に上がった。フナムシ対策の意味もあり、土足だ。そのまま階段をのぼる。

「待てよ、ちょっと待てよ！」

背後からホ氏に飛びかかられたが、止まらなかった。フナムシが、背後から冬を飲みこまんと迫る。

ジーンズの膝裏を這い上られる感触は無視した。二階の、三つ並んだドアの真ん中を開ける。

がらんとしたその部屋のベッドに、こちらに背を向けて女性が座っていた。

背中を丸めて耳を塞《ふさ》いだその女性に、冬は近づく。

手荒だとは思ったが、こちらの意図を示すために片手を耳から外させる。

「クソ性格悪いな、あんた」

はじめから攻撃的な冬に、女性はぎょっと顔を上げた。歳《とし》の頃は六十代。小柄で、骨と皮ばかりに痩《や》せている。

トランスルーセント・グラスキャットフィッシュ。骨が透けているように見えるナマズの仲間を連想した。小柄で、華奢《きやしや》な熱帯魚。

「わたしが視えるの？」

冬の手をもぎ離した女性が半信半疑の様子で訊く。

顔に刻まれた深い皺《しわ》とは裏腹に、軽やかなスタイルに整えた髪だけが艶《つや》やかだ。

「視えている。だから文句を言いに来た。あんたが首謀者《しゆぼうしや》だろう？」

「お話がよくわからないのですけれど」

澄《す》ましたその顔に、塩を投げつけてやったらどうなるだろう。想像した冬は、足下からすくったフナムシを女性に放った。

「これと、こっちのウザいハリボテをいますぐ引っこめろ」

女性は目を剝いたが、鼻を鳴らすとそっぽを向いた。

「さっさと逃げ出せばすべて終わりますよ」

「そうまでして追いだしたい理由はなんなんです？　マヤさん」

女性の手首が動いた。冬の捉えたイメージは間違ってなかったようだ。

「ここの大家の遠縁で、初めの持ち主――ですよね」

「だったらなに？」

かみつくように訊かれ、冬はにっこりした。花純を真似《まね》たつもりだ。

「ここを取り壊すよう、大家にアドバイスしますよ」

ガシャン！　と窓硝子が割れるような音が響いた。実際に割れはしなかったが、マヤの怒りの表現だろう。

「あのな。生きているほうが強いんだよ。アドバイスがいやなら、さっさとこいつらを片付けろ」

二度目の要求にマヤは歯ぎしりしたが、フナムシたちが潮の引くように消えた。

こっちもだ、と眼差しで圧力をかけると、マヤは不本意そうな表情をホ氏に向けた。

すると、ホ氏だったものが冬の背でグズ……と崩れた。ホ氏だったものの大半はフナムシの姿に戻ってちりぢりになり、残った死者が困った顔でマヤを見る。

ホ氏とは似ても似つかない、髪を逆立てた調子のよさそうな若者だ。

つまり、マヤは死者に負の感情で武装させ、番人に仕立てていたわけである。

冬は初見《しょけん》で、ホ氏の姿は演者だと直感していた。怒りに我を忘れた死者にしては、思念が薄い。かといって、コンタクトできる様子もない。

理性をなくすほど我を忘れているなら、誰彼かまわずもっと激しく攻撃するはずだ。なのにホ氏は威嚇止まりだったのだ。

どんなに目の前で騒がれても、冬が一貫して取り合わなかったのはそれゆえである。

「いいわ、行って」

マヤが促すと、つなぎ姿の若者は「サーセン」と詫びてどこかへ駆け出していった。

見送ったマヤが、冬に吐き捨てる。

「最低の男ね」

「あんたに言われても、なんとも思わない。そっちこそ、住んでる当人じゃなく、その仲間を標的にしただろう」

冬が腹を立てているのはその点である。自分に向けられた霊障なら、割り切って対処した。生者の侵入を快《こころよ》く思わない死者がいることは、理解しているつもりだからだ。

「意味がわかりません」

こうやって白《しら》を切られるほど、腹立たしいものもない。

「いいか、あのフナムシみたいなのを操っていたのはあんただよな？　それがここに住んでいる俺をスルーして、引っ越し屋だとか、俺が出社した先の同僚とかに霊障を起こしたんだよ」

「それは」

言いよどんだマヤは、しげしげと冬を見つめてからせせら笑う。

「あなたが昏《くら》いのは、わたしのせいではありませんから」

性格を指摘されたのかとショックを受ける。だが、マヤが続けた。

「あれは、うるさくて眩《まぶ》しいものを排除するのよ」

フナムシに攻撃されなかった冬は、眩しくない存在。つまり昏いと言いたいらしい。

「眩しいの定義は？」

訊ねると、マヤは煩《わずら》わしそうに顔をしかめた。

「目障りということかしら。本当に迷惑しているのよ。邪魔で邪魔で仕方ないの」

両手で顔を覆うしぐさに、冬は質問した。

「ひとつ訊いていいだろうか。あなたからは、生者はどう見えている？」

「うるさすぎて眩しいのよ。耳も目も痛くて、落ち着けやしない」

ならば冬は、と訊ねる前に、マヤが意地悪く言葉を継いだ。

「あなたは違うみたいですけれどね」

漠然《ばくぜん》と感じていたことを、はっきりと言葉にされると衝撃が来た。

マヤにとっての生者は眩しい存在であるのに、冬を「昏い」と評するのは、冬が半ば死んでいるからだ。

社会的にも気持ちとしても。

フナムシが花純に見向きもしなかった理由も、カッカとして帰宅した冬に反応した理由も、これで説明がつく。

「言いがかりだったと理解していただけたようね」

マヤの言葉に冬はうつむくしかなかった。かろうじて言葉を押し出して詫びる。

「すいません」

「あらあら。昏いだなんて、痛いところを突いてしまったみたい」

笑いを含んだ言葉の針に刺されても、言い返せない。なにをやっているのだろうかと情けなくなる。油断して、勘違いして、返り討ちを受けた。

身の置き所のない気持ちに苛《さいな》まれる冬に、マヤの声がかかった。

「悪かったわ。少し言い過ぎたようですね」

声のトーンはいままでが嘘のように穏やかだった。

「でも、こちらもいきなり腕を摑まれて、なにごとかと思ったのですよ。これまでにわたしが視えて、文句を言ってきた方もいなかったものだから動転して」

「俺が早とちりでした。乱暴な真似を、失礼しました」

冬は頭を下げ、今日はこれで何度目だろうかと思う。

「具合を悪くした方は、あなたの大切な人？」

問われて冬は戸惑った。——チンアナゴ。

「違ったの？　あんまり必死だったから、そうね、特別な人なのかと思いました」

「そういうわけじゃなくて、勘違いしていたんです。ここに住む俺をあえて狙いから外して、感情を煽《あお》るような意図があるのかと」

「たとえば、あなたを集団の中で孤立させていくような？」

訊ねたマヤが、冬の答えを待たずにくすっと笑う。

「あなた、学生さん？」

「いえ」

「じゃあ、気持ちが学生時代で止まっているか、よっぽどいやな思いをしたことがあるのかしら」

マヤはきつい、と思った。冬の見たくないものばかりを映す鏡のようだ。

学生気分の抜けきらないうちに引きこもった自分の思考は幼いであろうし、集団を外れていくよう仕向けられたのも、一度や二度ではない。

答えられずにいると、マヤが再び口を開く。

「安心して。わたしのほうに、あなた個人に対する感情はありませんから。ただ誰にも、本当に誰にも、この家には近づいてほしくないだけです」

「死者はいいんですか？　この家には、あなた以外にも幾人かがいる」

冬の言葉にマヤは驚いたようだった。

「そうなのですね。ちっとも知りませんでした」

「死者同士が視えないことはよくあるらしいですから」

「でしたら、煩わしくない分にはかまいません。視えなければ、いないのと同じ」

「生きている相手は、そうはいかないんですね」

「ええ。わたしは静かに、静かに暮らしていたいのです」

「あなたのご親戚は、ここをまた貸し出すつもりでいますよ。リフォームして」

マヤは顔をこわばらせた。

「あなたは、その準備のためにいらしたの？」

「半分はそうです。半分は別の仕事のためですが」

「もし、あなたを取り殺したとしたら中止になるかしら」

熱に浮かされたような眼差しに、冬は釣りこまれて答えた。

「わかりません。ですが、もしかすると数年は」

マヤはゆっくりと瞬いた。

「じゃあ死んでちょうだいと言ったら、わかりましたと言いそうな顔」

呆れ顔をされても否定できなかった。心の奥底を見透かされた気がしていた。

だからこそ冬は昏いのだろう。半分死んでいる。

花純のことなんて言えないのだ。冬はこのまま世界が終わっても、困らない側の人間なのである。

「なぜ、生きようとしないのです？」

マヤの問いは痛烈な批判だった。死者に訊かれたという事実が冬の心を抉《えぐ》る。

「だったらじゃあ、あなたはどうして死んでいられないんです？」

悔しさから冬は訊いた。反射的に出た言葉だった。この世に未練を残し、眩しいからうるさいからと生者を遠ざけようとしている。

「さっさと、向こうの世界に行ったらいいじゃないですか。死者は死者らしく」

「未練があるのですよ」

応じたマヤの声は静かだった。思わず口をつぐんだ冬に、かすかに首を傾げる。

「あなたには、わたしはどう視えているのかしら？」

ためらったが、正直に答えた。

「とても痩せていて、髪だけが豊かです」

「かつらなんですよ」

告白をされずとも、冬は承知していた。マヤは女性特有の癌《がん》にかかり、闘病の末亡くなっている。その時々のシーンが伝わってくる。

「わたしはね、生きている間、痛みのせいでずっと眠れなかったの。だからこの世を離れる前に、この家で心置きなく、ゆっくり眠りたいのです」

一呼吸置いて、マヤは続けた。

「わたしはそのために、まだ生きているの」

死んでからも生きている。死んだように生きている。どちらがしんどいのだろうかとふと思った。なんだか泣きたくなる。理由はすぐには思いつけない。

「生者が眩しいだなんて、死者のほうが眩しいですよ」

皮肉まがいの言葉に、マヤは眉一つ動かさずに応じた。

「それは、わたしとあなただからだと思いますよ。みんなではなくて」

生きているオブジェと、死んだトランスルーセント・グラスキャットフィッシュ。

「あなたは、幸せだったからそんなことが言えるんだ」

冬のつぶやくような言葉を、マヤはするどい表情で捉えた。

「幸せ？　ガンだとわかったのは四十の時ですよ。それから幾度も幾度も、二十年以上も闘ったというのに。ボロボロになりながら」

「闘ったのは、それだけの価値があるからでしょう。生き抜きたい。そう思ったから」

「いけないことですか」

「そうじゃない。生き抜きたいと闘えることが幸せなんです。俺にはない。そんな思いは、どこにもない」

かといって、死にたいわけでもない。自力で向こう側に飛びたいほどのエネルギーはないのだ。

ただひっそりと暮らしたい。そのまま、静かに終わりたい。

マヤにはきっと、こんな思いはわからないに違いない。なぜならマヤは「生きた」のだから。最期の息を引き取るその瞬間まで。

そしていまも、満足に終わりを迎えるために「生きて」いる。

「逆に教えてください。なにがあなたを衝《つ》き動かすのか。立ち向かわせるのか。もういいとは思わないのか。こんなものだとは思わないのか」

冬の訴えに、マヤの目が憐《あわ》れみの色を帯びた。

「そう。そんなふうに思ってここまで来たということなのね」

「好きでそうなったわけじゃない！」

気がつくと、冬は怒鳴っていた。

「選べるなら、あんたが視えるような力なんていらなかった。ブランコからネクタイでぶら下がったヤツのせいで遊べないなんて、誰にも理解できないんだよ！」

冬くんて、ヘン。それが子ども時代の冬の評価だ。

あいつって、ちょっとさ……なぁ？　それが少年時代。

以降は評価すらなかった。対象外のものには点もつかないのだ、と、おそらくマヤは知らないはずだ。

それだけでも幸せなんじゃないのか。そう問いたかった。訊かなかったのは、これ以上無様な姿をさらしたくなかったからだ。

「そうね。躓《つまず》きたくて躓く人はいないでしょう。でもあなたのそれは、本当にあなたが考える理由だけで起きたのかしら」

容赦ないマヤに、苦くかすれた笑いが漏れた。

「俺だってさすがに、もうそこまで子どもじゃない」

周囲とうまく折り合いをつけられなかったのは、冬自身だ。そしてだからこそ、オブジェでいることを望んだ。水底でじっとしていれば、傷つきにくいと学んで。

マヤにはそれすら批判されそうだ、と思った。彼女のようなタイプにはきっと、闘わない人生は理解できない。

――ばからしくなってきた。

なにを訴えたところで、冬はきっと劣等感《れっとうかん》に苛まれて終わる。

「あなたは静かに暮らすのが望みなんですよね。それには、俺に出て行ってほしい」

ふいに確認され、マヤは訝りながらもうなずいた。

「ええ。あなたに限らず、生ける方すべてにおいてですけれど」

「俺を追いだす簡単な方法があります。仕事をさせてください。質問に答えてくれれば、俺は明日にでも出て行きますから」

「それが、ここに来たもう半分の理由？　いいわ、言ってみてください」

「あなたが亡くなる瞬間、なにを考えていたか」

マヤは唖然《あぜん》とした。

「そんなことを聞いてどうするのです」

「ボスに伝える。そういう仕事なんです」

「悪趣味な」

マヤは怒り出した。なぜそんなプライベートなことに触れようとするのかという顔だ。正しい反応だと思う。健全でもあるだろう。そんなことは訊ねない。訊ねてはいけないのだ、普通は。

「もし、わたしがそれに答えなかったらどうするのですか」

「あなたが折れるまで、ここで暮らすか通うことになるでしょうね」

「そんな権利はあなたにはありません」

「居住権はありますよ。うちの事務所が、ここの大家と賃貸契約を結んでいるので」

カッとするマヤに、冬は指摘した。

「ここは現世ですから。あなたの家は現実には、遠縁の方の所有になっている」

「『生きているほうが強い』。そうかしら？　わたしは闘いますよ」

「いいですよ」

怯《ひる》みもしない冬に、マヤは目を瞠った。

「俺は『昏い』のでフナムシは効かない。またホウライエソを作られても、鬱陶しいのだけ我慢すればどうでもいい。もちろん、片がつくまでは外界はシャットアウトする」

「できっこありません」

「やってみせましょうか？」

冬は挑発した。ひきこもりをなめるな。食の確保さえできれば、冬は何年だって籠もってみせる。

このケースであれば、花純に『昏い』配達要員を雇ってもらえば解決だった。フナムシの攻撃対象から外れるタイプの配達員に週に数度、門柱にでも総菜を引っかけていってもらえればことは足りる。

「わかりました。――いえ、待って」

答えてさっさと追いだそうと考えたらしいマヤが、ハッとしたように訊いた。

「あなたが引っ越したら、そのあとはどうなるんです？」

「さあ。俺を入居実績と見なして、リフォームを入れるんじゃないかと思いますが」

「駄目です。そんなの許しませんから」

「そうですか」と相槌《あいづち》を打った冬は、暇《いとま》の会釈をした。

「でしたら、どうぞ闘ってください」

一矢報《むく》いた冬は、一晩ゆっくりと階下で過ごした。ホ氏が消えたリビングは快適だった。残り二名はそこにいるが、関わってこない死者な

どいないに等しい。冬にとってこれは、独り暮らしといって差し支えない状態だ。

隣の和室も静かである。老人は眠り続けており、起きる気配はない。厳密にはこの世に残った死者ではないからだ。彼はなぜか亡くなった時の残像をそのままに旅立った。

残像もやがて、塵《ちり》となって消えていくはずだ。

三田川からは、翌日連絡があった。対処が早かったためか熱はすぐ下がり、出社しているという。

安堵した冬は、こちらの状況を伝えた。フナムシの特性を踏まえ、しばらく出社は見合わせたいと申し出ると、とんでもない答えが返ってきた。

『羽塔さんが、予定通りに来てほしいそうです』

はい？　毎回、冬にお祓いをしてから来いと？

まあ塩を振れば大丈夫だろうが、というか周囲に迷惑をかけないよう振ってから外出するべきだと思うが、三田川を危険にさらす神経がわからない。

『俺は行かない』

そう返事をしようとした冬は、ふと思いついた。

『俺の出社は、三田川さんと入れ替わりにする』

冬には決まった出勤時間がない。とりあえず週に二日、何時でもいいから顔を出して報告をすればいいのである。

冬としては、三田川が霊障を受けるリスクをなんとしても下げたい。

『それでかまわないそうですよ。何時でも大丈夫よ。とのことです』

冬は三田川の返信を二度見したが、花純は本気のようだ。

本人が負担に思わないなら、いいか。

――月曜の夜、冬は三田川の連絡を受けてから数時間後に家を出た。敷地を出たところで塩を撒き、途中のコンビニで念のために清酒を手に入れておく。

午後十時を回った頃、冬はスナシに着いた。

夜のスナシは、水のにおいがした。

電子ロックを開けた冬は、水槽《すいそう》に迷いこんだように錯覚する。暗く静まり返り、窓から射す街の灯《あか》りに照らされたデスクは、まるで部屋の片隅《かたすみ》に置かれたアクアリウムのようである。

「ていうか、まじでか」

思わずつぶやいたのは、事務所が無人だったからだ。人に来いと命じておいて、何時でもいいとまで言っておいて、これはないだろう。

中に入った冬は、玄関付近のスイッチパネルを探した。

パチンと音がして、世界が光転する。眩しさに慣れない目を庇《かば》いながら、冬は続く行動を考えた。このまま待っていればいいのか、それとも、呼べば中から出てくるのか。

呼ぶとしたら内線で？

ボス机には、インターホンの子機が載っている。内線機能もあるかもしれない。

確かめてみようと踏み出した冬は、視界にぼうっと白いものを捉えてぎょっとした。

高い背もたれの、黒い革張りの椅子にちんまりと座っている――。

「羽塔花純！」

「いらっしゃい瀬山さん」

普段通りの声で迎えられると、おかしいのは自分のほうなのかと冬は混乱する。

「あんたなんで？　いるなら電気点けろよ」

「三田川さんが帰った時点では、まだ外は明るかったのね」

冬が連絡を受けたのは十八時過ぎだ。日が伸び、たしかにまだ明るかったろう。が。

「暗くなったら自分で点けろ。茶も淹《い》れられない、電気も点けられないなんてアホか」

わめいたところで効果はなかった。花純は微笑むばかりである。

「まさかとは思うが、あんた、夕メシは？」
机の上に、食事の痕跡《こんせき》はない。そして三田川の帰宅以降ずっと座っていた可能性も高い
となると、訊かずもがなの答えが導き出される。
「瀬山さんは？」
訊ね返したのをはぐらかしと受け取った冬は、すぐさま選択を迫った。
「俺がコンビニで買ってきた弁当を見張られながら食べるのと、奥から夕飯持ってきてこ
こで食うのと、どっちがいい？」
花純のもとには、三田川夫人作の夕食が届けられているはずである。
返事に詰まるような表情を見せた花純が席を立った。黙ってドアの向こうへ消えたため、
逃げたかと危ぶむ。
だが、花純は戻ってきた。手には弁当包みをぶら下げている。
やっぱりなという思いだった。ほら、食べてない。
冬同様、フナムシに「昏い」認定された、生きる気力に乏《とぼ》しい花純である。目を光らせ
ていないと食事をさぼるだろうという読みは当たっていた。それだけでもやきもきするの
に、あろうことか、花純はそのまま包みを解いて弁当箱の蓋《ふた》を開けた。
「待て。それ、冷蔵庫に入れてあったそのままじゃないのか？」

冷えた飯の色にそう訊ねたが、返答はなかった。冬は手を伸ばしてひったくり、その感触に天井を仰《あお》ぎたくなる。

ため息をついた冬は、事務所の電子レンジで弁当を温めて返した。嫌がるかと思えばそうでもなく、花純は素直に受け取って食べ始める。

——つくづく世話の焼ける。

「瀬山さんのお弁当は、事務所の冷蔵庫よ」

通常の出社日に、冬が昼食にしているそれだ。

「あと、お総菜も支給します。一緒に入っているから持ち帰ってね」

冬が買い物難民になりそうだという話を聞きつけた三田川夫人が、担《にな》ってくれたという。むろん、支給というからには、費用は事務所持ちである。

ありがたい。心の底からありがたい。節約のためとはいえミルクもやしばかりを食べていると、時々挫《くじ》けそうになるのだ。

冬は自分の弁当も温めた。席に着くのを待って、先に食べていた花純が促す。

「報告して」

冬は三田川経由で伝えてあった状況を繰り返しで説明した。あのホーンテッドハウスの死者は、実質マヤ一人であること。冬がホ氏と名付けた男とフナムシはマヤが動かしていたこと。

マヤには闘志があること。生者を嫌っていること。静かに眠るのを望んでいること。

聞き終えた花純が訊いた。

「いま、マヤさんはどうしているの？」

「ずっと二階にいる。なにか策を練っているか、もっと強力なホ氏二号を作ってるか」

「強力？」

「ホ氏が威嚇しかしなかったのは、それで済んでいたからなんだろうと思う」

「幽霊が出る」という噂《うわさ》だけで、たいていの者は入居を尻込みする。そこを突破してきた者も、霊障やラップ音で逃げ出すだろう。

「あなたはイレギュラーだものね」

花純にだけは言われたくないが、そのとおりだ。フナムシは効かず、威嚇も無視だ。三田川に霊障が現れなければ、いまでもあのまま暮らしていただろう。

「もし、強力なホ氏二号が作られたら、瀬山さんはどうするの？」

「ものを見ないとなんとも言えんが、実害がなければ対応はホ氏一号と変わらない」

「実害があったら？」

訊かれた冬は、右手に箸を持ったままお手上げのポーズをした。

「追いだされるか、死ぬかだろうな」

「死ぬのは困るわ」

「俺も取り殺されるつもりはないよ」

死んだように生きているからと、積極的に死にたいわけではない。ましてや、この世に残り続けそうな、苦しみながらの死などごめんである。

「なんにせよ、向こうはジレンマに陥《おちい》っているはずだ」

生者を排し、心ゆくまで眠りたい。なのに冬が居座っている。

冬を即刻排するなら、自身の死に様を明かさねばならない。

明かした場合、冬は撤退するがおそらくリフォームが始まる。

「リフォームは彼女にとっては、相当おぞましいもののはずだ」

工事の物理的な音がうるさいだけでなく、いきいきと働く生者で溢《あふ》れる。

「かといって、取り壊されるのも避けたいんだろう。あの家のままで眠りたいという望みが叶わなくなるからな」

「そうね」

応じた花純はくすっと思い出し笑いをした。

「あなたもわたしも『昏い』からフナムシが反応しなかったって、おかしいわね」

「笑うところか、そこ」

社会的にも精神的にも瀕死ということである。面白がれるなんて、どれだけシニカルなのだ。

「だって、ああわたし生きているのね、って」

冬は口の端をひん曲げた。とんでもないことを花純が言い始めた。

世間的な評価の真逆の感想である。マヤなど、低空飛行に甘んじている冬に「なぜ生きようとしない」と問いただしてきたのだ。

それを花純は、生きている実感として受け止めている。フナムシに攻撃されなかったレベルの「生」で、だ。

外には出られず、生活は人任せ。茶も淹れられず、電灯もつけられない。

それはもしかして「死んでいるから」なのか？

アンドロイド。生き人形。そんな言葉が浮かんでは消えた。どちらも「生きている」わけではない。言うなれば「生の擬態」である。

花純の自認はそれかもしれないと思った。だからこそ、生者のカテゴリーにくくられたことが、新鮮なのかもしれない。

「羽塔さん。あんたいままで、どれだけ死んでたんだ」

思わず冬は訊いた。

漠然すぎる問いのはずが、花純はためらいも戸惑いもせずに答えた。

「二十六年かしら」

冬はしばし言葉をなくす。なんとか場をつなごうと、問いをひねり出した。

「いま何歳なんです？」

「あなたの四つ上？」

さんじゅう？　つまり四歳から死んでいるというのだ。心が。

冬の耳の奥に、子どもの靴音がよみがえる。あの時スイちゃんの事故に触発されるように浮かんだ、別の女の子の足音だ。

訊ねるならいましかないと思って口にする。

「羽塔さん。幼稚園の鞄に紅白まんじゅうを詰めて、駆けていった女の子を知ってるか？」

わずかな驚きをみせた花純が、微笑んで認めた。

「ええ。知ってる」

その子と、あんたの心が死んでることに関係はあるのか？

続けて訊くことはできなかった。花純の笑顔がすべてを締め出している。

「話を、あの家の件に戻そう」

冬の言葉で、花純が表情を和《やわ》らげる。微笑んでいたはずなのに、表情が和らぐのだ。

「とにかく、俺は長期化は避けたい。彼女は闘う人だ。自分でもそう言っている。完全な敵認定で動き出されたら最後、なにも手に入らなくなるだろう」

「それは、わたしも思うわ」

「だとするなら、交渉するのはいまだ」

「材料はあるの？」

「それはあんた次第だ。だから、相談したい」

「わたし？」

「ああ。あんたが、どのくらい悪趣味かにかかっている」

冬は今日までに考えてきた案を明かした。マヤに、その死に様を語らせる方法。

花純の頰にゆっくりと赤みが差した。目に光が宿る。

「もちろん、相手が乗るかどうかはわからないが」

「乗せてちょうだい」

言い切った花純が手を合わせる。

「お願いね。瀬山さん」

「取り引きしませんか」

翌日の夜、冬はマヤを訪ねてそう持ちかけた。

一晩おいたのは、シミュレートのためではない。策を弄《ろう》するようなスキルは冬にはないし、騙《だま》される相手でもないだろう。

ただ腹を据《す》わらせるのに、時間が必要だった。

マヤは苦手なタイプだ。何度でも諦《あきら》めずに闘う。水槽の真ん中をぐいぐいと泳ぐ。

冬の姿を見て、マヤは露骨に不快そうな顔をした。側にいた子どもの死者が、慌てたように姿を隠す。

その顔立ちに見覚えがあった。入居当日に逃げだしたあの子だ。

「いまの子が、次の門番候補ですか」

マヤが誰かを側に寄せる理由を、ほかに思いつかない。

「ええ」

澄まし顔が鼻につく。

「まだほんの幼児で、しかもこの家にいた子ですよ」

「そうなの？」

知らなかったと言いたげだ。知らなければいいというわけでもないのに。

「言ったでしょう、わたしは闘うって」

それは、子どもに魔物の役をさせてもなんとも思わないと言っているようなものだった。目的のためには手段は選ばない。それがマヤのやり方なのだろう。

「俺は、そういうのは好きじゃない」

嫌悪感を表したが、マヤは動じなかった。

「こちらは公正な申し出をしたつもりですよ。あの子は、脅かされない力と居場所がほしいのですって。わたしは、静かな環境がほしい」

「それを俺が用意すると言ったらどうします？　あなたが満足するまで、誰にも邪魔はさせない。きみのことも怖がらせない」

冬は子どもの気配が消えた辺りに向かって言った。

「この取り引きの条件は、あなたがその最期を俺に聞かせてくれることです」

「ばかばかしいこと」

「まあそうです。こんな悪趣味なことをするのは、うちのボスだけだと思いますから」

「でしょうね。誰がどう死のうと、首をつっこむべき事柄ではありません」

「同感ですが、それを知るためだけにここを買い上げると言ったら？」

耳を疑ったマヤの声が高くなる。

「買う？　ここを？　この土地をですか？」

「そうです。大家さんもこの先幽霊騒ぎに悩まされながら貸し続けるよりも、まとまった金のほうがいいと思いますよ」

坂の上三丁目は沿線の中でも地価が低い地帯に属している。その中でさらにこの番地は数件の変死が起きているため、買い手を探すほうが困難だろう。

「あなたの承諾を得られれば、うちは大家との交渉を始める予定です」

「なんてばかな……」

マヤは絶句した。彼女の立場だったなら、きっと冬も同じ反応になるだろう。

「ボスいわく、金と暇を持てあます人間は、悪趣味になるしかないんだそうですよ」

「何千万もかけて買って、それでどうするというのです？」

「封鎖します。このまま。望むならこの家が朽《く》ちるまで」

「ばかなことを」

その言葉しか出てこないのだろう。マヤが繰り返す。

「うちのボスは、買った家一軒を何十年も遊ばせておけるほど悪趣味なんだとか」

そりゃあ冬に払う給料程度の額は、痛くも痒《かゆ》くもないわけである。

黙りこんだマヤに、冬はたたみかけた。

「どうしますか？　こちらのほしいものと引き替えに、望む環境を手に入れますか？　それとも、頼りない子どもに武装させて守らせて、時々俺みたいなやつに侵入されて眠りを妨げられるリスクを負いながら闘いますか？」

負け戦にしかならないというニュアンスをこめるとにらまれた。

「嫌な男」

それで別にかまわない。冬だってマヤを好きになれない。生き様が違いすぎる。

「あなたのボスもどうかしていますよ。死者からたったそれだけのことを聞き出すために、湯水のようにお金を使って」

「あなたの好きな言葉を使うなら、うちのボスはそういうスタイルで闘っている」

それが誰となのか、なにとなのかは冬には摑めない。摑まないほうがいいことかもしれない。

けれど花純は死者の言葉の欠片《かけら》を集めることで、なにかを成そうとしている。

あの日、突拍子もない花純の行動の輪郭《りんかく》のようなものが見えて、冬は決めた。

きちんと自分の役割として、エアレーションをやってみようか、と。

ジョブチェンジしても備品なのが笑える、と自虐《じぎやく》的に思わなくはない。一度も魚の夢を見なかったと言えば、それは嘘になる。

だが、これが冬なのだ。スナシは辿り着きたかった「約束の地」ではないけれど、それでも冬の居場所なのである。

死んでいるように生きていることを、取り繕《つくろ》わなくてもいい場所なのである。

マヤは口を結んでいた。この取り引きの価値を量っているのだろう。表情が不審そうなのは当然だ。交渉を持ちかけた冬でさえ、奇妙だと思っている。

「俺の次の出社は金曜です。朝十時頃、また来ます」

冬は期限を切った。

金曜の朝、顔を出した冬から顔を背けたまま、マヤは言った。

「ヨシトさんに、ここを売らないと祟《たた》ってやると伝えてちょうだい」


そうして、坂の上三丁目一九七二番地は、スナシの所有になった。

冬の荷物はすでに運び出され、いまは別の部屋で暮らしている。

敷地と建物は厳重に封鎖されることになった。

その最後の日、冬はマヤが眠りにつくのに立ち会った。

意外なことに、そうしてほしいと頼まれたのである。

坂を上り再び訪れた家がすっかり変わったことを冬は識った。この家は、マヤの棺《ひつぎ》になろうとしている。

リビングでは、相変わらず女性がふさぎこんでいる。足は移動していた。どこへ向かうつもりなのか、いまは台所との境目まで歩いていた。

老人の残像はフナムシたちに囲まれ、二階の奥の部屋には男の子が駆けこんでいった。ドアを細く開け、冬を窺っている。

目が合ったが、子どもは逃げずにとどまった。

マヤの部屋は、すっかり支度が調えられている。調度も壁紙も、なにもかもが新しい。それはこの部屋のありし日の姿だった。マヤが幼い頃、両親と越してきた当時の部屋だという。

「来てくださってありがとう」

礼を述べるマヤもまた、いくぶん若返っていた。病が見つかる直前の年齢に。

一番充実していたのが、この頃なの。

鏡で見て変化を知ったマヤは、満足そうに笑った。

「この家は、俺が出たらもう誰も入れません」

扉が開くのは十年後になる。そのくらい眠れば、もう満足して消えているだろうというのがマヤの予想だ。

そうしたら、この家は処分してしまって。

満足すれば、もういらない。いいえむしろ、壊してしまってほしいの。

「ひとつ訊いていいですか？　なぜ俺を立ち会いに？」

嫌な男とまで言ってのけた相手だというのに。

「それは誰かに視届けてほしかったからですよ。さしあたりわたしが視えそうなのは、あなたしかいないでしょう？」

最後までそういう言い方しかできない人である。

「じゃあ、いい夢を。マヤさん」

そう声をかけると、訂正が入った。

「麻夜《まや》ですよ。麻の夜と書いて、麻夜」

どうやら発音が気に入らなかったらしい。

これで最後だと、冬は言い直した。

「おやすみなさい、麻夜さん」

「さようなら」

応じた麻夜がふと耳を澄ました。

「なにか?」

「いま、誰かの声が聞こえました。レスト・イン・ピース、って。そうね、どちらかというと、こちらのほうがふさわしい言葉ね」

「おそらくうちのボスです。取り引きのお礼でしょう」

麻夜は約束はまもった。淡々《たんたん》とその死に様を語ってくれた。

なにくそ、なにくそ、なにくそ。ああ終わった。

痛みとつらさにそう思いながら耐え、それが消えた瞬間、つまり死の瞬間はほっとしたのだ、と。

「女の人だったのね」

予想が外れたというそぶりをした麻夜が眠りについた。

——安らかに。

冬は麻夜の部屋を出ると、そっと扉を閉めた。

門の前では、三田川が業者の人間と待機していた。

冬が玄関を出て施錠した後《のち》、すべてを鎖《とざ》す。

エピローグ

「ひとつ訊《き》きたい」

昼下がりのスナシで、冬《ふゆ》はそう切り出した。

「今日のメニューでしたら」

弁当の内容を挙げようとする三田川《みたがわ》を制した冬は、受け取った弁当をデスクに置いて花《か》純《すみ》に言った。

「俺がここに来た時、あんた、なんで俺の主食がミルクもやしだと知ってたんだ」

あとで思い返すと奇妙な話だった。ミルクもやしを食べるようになったのは、生活が困《こん》窮《きゅう》して以降のことだ。会社が倒産した直後ならともかく、友人知人との連絡もとっくに絶えてからで、聞き知りようがないのである。

「まさか俺をスカウトしようと、三田川さんあたりにストーカーさせてたのか？」

いやそれなら気づく、と思いながらも訊《たず》ねた。

「そのことなら、でまかせなのよ。あてずっぽう」

「なんだって？」

「だから、なんとなく閃《ひらめ》いたみたいなの。この人、ミルクもやししか食べてないって」

違う。花純は無邪気に信じているがそうじゃないと冬は直感した。

ハルトだ。花純にささやいたのだ。弟に確実に金を受け取らせようと。

お節介なヤツだからだ。いつもいつもいつも、行く先々に現れる。

今回はどこにいたのだろうと記憶を振り返り、見つけた。

三田川を送った帰り、ぶつかりそうになったあいつか。

馬鹿《ばか》なことしてないで、さっさといけ。

心の中で悪態をつき、感傷の波に飲まれないうちにと話題を変える。

「もうひとつ訊くことがある。なぜ俺は、またあぐみ荘に戻された？」

坂《さか》の上《うえ》三丁目から引っ越した冬の現住居は、二番目の移動先だった、オンボロ心理的瑕《か》疵《し》物件である。

「なぜって瀬山《せやま》さん、先日、修正は上方がいいって言ってたじゃありませんか」

「それは、あぐみ荘の死者が一人だったのに対して、坂の上三丁目がホーンテッドハウスだったことについての文句だよ」

「だったら、あぐみ荘にはもう、誰もいないでしょう？」

ホーンテッドハウスから、死者ゼロのアパートへ。

花純までが、そのどこが問題なのかという口調である。いまいましい。

「死者がいないという意味なら、めぞん市場《いちば》だっていない」

選択肢が二つしかないのなら、めぞん市場のほうが新しくて利便性も高い。

隣人が、視《み》える気のある胡散《うさん》臭い老人ということもない。

「めぞん市場は、借り手がついたんですって」

大幅な家賃割引に釣られた契約者が現れたのだそうだ。

「あのな、羽塔《うとう》さん。世の中はなにも、めぞん市場とあぐみ荘しかないわけじゃないんだ」

「それは、そう思うわ」

至極もっともな意見だとでも言いたげな花純に、冬は勘ぐった。

じゃあなんで、あそこにした？

家賃が安いからに決まっている。

死者を視るためだけに月額二十万で人を雇い、死者の言葉を集めるために一千万単位の金を動かすくせに。

また妙なところだけケチなものだ。

「あぐみ荘は便利なんですよ。今回のような急な話でも用意しやすく、また急に出ても嫌がられないので」

それはそうだ。物好きにだって敬遠されそうな、オンボロアパートなのである。

「まあ、不便だと思う瀬山さんのお気持ちもわかりますよ」

「そういうのは、コンロの着火《ちゃっか》に失敗して、マッチで前髪燃やしてから言ってみろ」

ガスの元栓をひねってから火をつける旧式のガスコンロは、寿命が縮むほどスリリングだ。

「わかりました。でしたら次は高級マンションの最上階ということで」

「そこまでじゃなくていい」

東京近県、オール電化のワンルーム辺りでも、冬に文句はない。

「違うわ瀬山さん。今日からはそこがあなたのお部屋なの」

冬は耳を疑った。なんだって？

「おい。それって、まさか」

「もちろん、そのまさかに決まってます」

三田川がスーツのポケットからメモ書きされた紙片を取り出してみせる。

花純はといえば、あの微笑《ほほえ》みを浮かべて冬に言ったのだった。

「行ってらっしゃい、瀬山さん」

終わり

※この作品はフィクションです。実在の人物・団体・事件などにはいっさい関係ありません。

集英社オレンジ文庫をお買い上げいただき、ありがとうございます。
ご意見・ご感想をお待ちしております。

●あて先
〒101-8050　東京都千代田区一ツ橋2-5-10
集英社オレンジ文庫編集部 気付
響野夏菜先生

瑕疵物件ルームホッパー

但し、幽霊在住に限ります

集英社
オレンジ文庫

2019年5月22日　第1刷発行

著　者　響野夏菜
発行者　北畠輝幸
発行所　株式会社集英社
〒101-8050東京都千代田区一ツ橋2-5-10
電話【編集部】03-3230-6352
【読者係】03-3230-6080
【販売部】03-3230-6393（書店専用）
印刷所　凸版印刷株式会社

※定価はカバーに表示してあります

ISBN 978-4-08-680252-9 C0193